經典書房

日影行

（修訂版）

小思 著

山邊出版社有限公司

前言

山邊出版社有限公司負責人說要重版一九八二年出版的《日影行》。我不禁仔細思量：事隔四十六年的文章，今天讀者讀來，會有什麼反應？不如讓我跟年輕的編輯談談。

一談就明白時代隔閡所在了。我說真的必須把寫作背景、取材原因、今昔差異、我的反省等等交代一下，讓年輕讀者容易理解。不過，用導讀方式，太嚴肅。妳來發問，我回答，可作互動交流如何？這一來就有了這書中的問答。謝謝陳友娣小姐的幫助，把事情做好。

我把原來版本內容也修訂了。

第一部份「日影行」：即一九七一年九月至一九七二年一月在《中國學生周報》刊登的《日影行》原文照舊採用，只修正錯字或誤句。在此不妨交代當年寫作背景：

中國文化大革命後期，外交政策開始鬆動：中美兩國乒乓球隊互訪，世稱「乒乓外交」開始。一九七一年三至四月，中國乒乓球隊事隔多年重出外訪，到日本名古屋參加第三十一屆世界乒乓球錦標賽。這是當年盛事。七月七日香港專上學生聯會在維多利亞公園舉行「保衛釣魚台」抗日示威，警方出動防暴隊毆打並拘捕學生，造成流血事件。這也是當年香港一件大事。

就在這一年七月下旬，我衝着兩件大事掀起的波浪，以一個對日本本土一無所知、只在詩詞、歷史中領受與聯想自己祖國風華而又從未親炙過中華大地的中國人，到日本旅行去，時刻難忘日本對中國的侵略，香港三年零八個月的陷日記憶，心境奇異而複雜，其情實難描繪。

《日影行》不算正式遊記，多的是一種中國人對家國之思、對曾學習過又侵略過自己國家的「敵國」的初睹驚詫……種種幼稚而朦朧感覺及即時反應的記錄。

第二部份「再談日本」：取消了原書中與日本無關題材，統一全書描述對象。寫作時間由一九七三年伸展至二〇一二年。

其中包括一九七三年我到日本京都遊學的所見所感。由於忙於讀書、遊歷，寫得不多，只因心中所感，有話要說才動筆。一九七四年至一九七九年所選均是回到香港後的文章。初期取材，京都四季韻味纏繞心頭，下筆仍依依難捨。漸漸旅情沉澱，才回復以中國人香港人角度思考問題，多扣住中日之別來說了。最後我跳過好多年，沒選取談日本的文章。最後用上二〇一一年一篇，只因「三一一」後，日本面臨極大一次轉折，值得注意。而題目則提醒自己：「我們不懂日本」。二〇一二年兩篇，則借題向處於這個時代充滿徬徨與抉擇的記者致意。

歲月流逝，回首前事，見自己青澀稚氣，不是悔其少作，而是更多自省。

小思

二〇一七年十二月一日

目錄

日影行

再談日本

日影行

我只瞥見了那影

今年，一九七一年，到日本旅行去，是不是一回對的事？當飛機遠離香港，掠過台灣——也許掠過了釣魚台，朝日本進發的當兒，我依舊忐忑的想着。在香港，有人認為看日本電影，用日本貨都是不愛國的表現的今年，我竟到日本去當起遊客來，這究竟算什麼一回事？說句老實話，我真有點「不忠」的感覺。但經過快一個月的旅程，我看的、遭遇的、感受的，都證明此行是應該的。甚至，我希望每一個堅決反日侵略的人，都有機會去日本跑一趟，因為，這樣會使人信心更堅定，行動更徹底！到了日本，我也才明白，為什麼左舜生老師說日本是個「可怕、可愛、可恨的民族」，為什麼他老人家說必須好好了解日本，為什麼在垂老之年還請教師補習日文，這些都不是我讀完一本《日本人的真面目》或者《醜陋的日本人》，所能明白的。

一個在京都大學研究中國文學的朋友對我說：「日本人對中國研究得那麼專那麼精，真不由你不怕和不服。單是中國文學的圖書館已佔四五層樓，其他還有中國史學、哲學圖書館，所藏的善本，不要説香港沒有，連台灣也沒有！近人的研究更浩如煙海，足夠叫中國人臉紅。」當時，我十分不服氣，暗想：研究中國，只是一小撮高層知識分子的愛好，不見得有什麼巨大影響。可是，當我踏入散布在商店區中間的任何一所書店時，就不禁觸目驚心了，因為裏面擺着許多與中國有關的書。在文學方面，屈原杜甫等大家，自然有厚厚的討論專書，而有些五四時代不大著名的作者，居然也在研究之列。其他什麼中國風俗、地理、政治的分析作品，更多得數之不盡。我不知道這些書的質怎麼樣，但從量方面看，就可以證明日本民間對中國的認識，必然十分普遍。人家那麼熱心了解我們，不知道是不是件可喜的事，但我們不了解人家，那就吃虧定了。

匆匆一個月，算跑過不少地方，但作為過客的我，看到的日本，恐怕只是個朦朧影像，根本稱不上了解，甚至，可能那只是個化大唬人的幻影，我卻大驚小怪地給嚇了一大跳。不過，我實在願意把自己所見所感——儘管是朦朧的日影，告訴大家，好讓大家分享一下我的「驚」和「憂」，更希望因此有人會告訴我，那影的真面目，我想，在今天，作為中國人，了解日本民族，也該是個很好的課題。

《中國學生周報》一九七一年九月三日

小思說

問　老師為什麼會選在這個年份去日本的呢？

小思　不是我選的，只是那時候，有朋友的後輩在日本剛讀完書，想自己辦一個旅行社。他做了很多功課，設計的旅程是整個日本的大城市都去，而且安排到達那個城市的日子，一定遇上當地特別祭祀節日。他的長輩就組織了旅行隊讓他來帶，作個試驗，於是我就參加了這麼獨特設計的旅程了。這個設計很有意思，即近似現在說的「深度旅行」，讓我有機會從不同文化角度去初探日本。

那是一股暗流

當旅遊車離開羽田機場，朝東京市區進發的當兒，我便打點精神向車窗外望，因為對於偌大的一個國際都市，實在很難利用兩天時間，去看它的全面，那只好從小的「點」着眼。雖然這會犯上「以偏概全」的毛病，但我還得安慰自己，希望用得上一句「見微知著」！

車子經過多層的高速公路，進入市區時只是黃昏時分，酒店附近的街道上，竟然冷冷清清，行人也沒多一個，那着實太不像想像中的都市了。後來，我才弄清楚，住的地方叫神田，不是鬧市所在地，但卻是著名的文化區，就在酒店的幾街之隔，便是中日讀書人必到的舊書店集中地神保町，據説那兒有舊日北京琉璃廠的味道，中國線裝古籍也不少，不去逛一趟是大損失。日本居然有許多中國古籍出賣，不論愛不愛書的中國人，都值得跑去看個究竟。可惜當我知道這件事的時候，已經是離開東京的前一個晚上，於是平白便錯過了大好機會，這損失使我十分不開心！

經過令我吃驚的龐大地下市區和系統井然的地下鐵後，我們到了旅客必到的銀座，去看那眩目的夜市。其實，也稱不上什麼夜市，因為除了飲食店外，其他商店六時左右便休息了，可是，行人和活動霓虹燈，依舊把銀座市面烘托得十分熱鬧。銀座給我的印象，彷彿是日本新潮人物的集散地。街頭滿是新潮的年輕人。那天晚上，我除了看見無數為人看相的小攤子外，還看見一個長髮披肩的男孩子，彈着吉他，向路人兜售他自己的詩集。單看了這些，銀座——它簡直是個洋化式大拼盆，毫無日本特色，加上瞥見街道上偶然也飄飛着幾片廢紙垃圾，我竟然天真地希望從前聽到有關「日本清潔」是「傳聞失實」，日本也不過如此而已。可是，往後的旅程中所見，證明了我這個想法錯誤，因為整個日本，可以説表面沒有什麼叫做特色，它學人家的東西，實在學得太像樣——古老的學中國，現代的學西洋，但這些湊合起來，便變成了日本自己的東西。日本特色就存在每一個日本人身上，只為那是一股暗流，早混在大和民族的血液裏。每次，我看見日本人乖乖的在排隊、聽候領隊的指示；母親帶着孩子上博物館、動物園、水族館；穿着全副旅行裝備的、健康的青年人……便強烈地感受到這種日本特色，而且令我有點悚然！

那夜，在回程的地底火車上，日本乘客都默默在看書看報，有時也會訝異地抬頭來看我們這羣中國人——因為，不足二十人的小隊，嘩啦嘩啦的由車的一端大叫到另一端，又爭先恐後的擠來擠去，實在很難叫人不多看一眼！

《中國學生周報》一九七一年九月十日

日近長安遠

細雨迷濛裏，我們踩着會嗦嗦作響的石子路，看過了植有十三萬棵不同名字樹木的明治神宮，學會了在明信片上常見像個「井」字形狀、人家多用來代表日本風光的那類建築物的名字：「大鳥居」——神聖的標誌，也跑過日本人會帶着一面敬慕、而又十分嚴肅地站在門前拍照留念、我們卻搖搖頭説：「怎可以比得上咱們北京故宮」的皇居。旅日的行腳，就這樣展開了。

突然，我看見一條靜靜的河，河畔有青青的草，有綠得叫人發狂的垂柳，有輕盈的雙燕裁柳剪風的飛去……果真是詩中草木、夢裏江南？我去輕攀拂首的柳條，捏得滿掌冷冷的雨水，定一定神，只見身旁有

明治神宮的大鳥居

一堆正肅然諦聽導遊人員講解的日本人，我不禁悽然。誰會知道，這兒有個傻瓜，竟站在異國的泥土上，去追尋從未見過的鄉土面容。咬一咬唇，我提醒自己：這是可憐又十分可恥的聯想。

但，在日本，要自我提醒的機會實在太多了，因為它有數不盡的東西，會惹起人的聯想。日光的「東照宮」、京都的「二條城」、大阪府的「大阪城」，明明白白就是依據唐朝建築做樣本的。金壁輝煌、雕刻精細的長廊和殿門，就直截叫做「唐門」。宮裏屏風上的畫，跟在「故宮博物館」看到的唐人畫，沒有多大分別。古木參天的幽林，傳來陣陣古琴聲，沿聲細覓，拐了幾個彎，只見又另有樹林，琴音還是來自無覓之處，這般況味，分明又是古意盎然。踏進在古代本來為帝皇貴族織錦織絹的「西陣織物館」，能不想起跟曹雪芹有關的「江寧織造廠」麼？看了德川時代三大名橋之一的岩國錦帶橋，還會懷疑「清明上河圖」裏那道橋太彎，怕站不穩腳嗎？

儘管不斷地提醒自己，但這種聯想竟是揮之不去，而且愈來愈強烈，往往一閃的就佔住了腦海，我完全失去控制它的能力。試看看吧：踏上絕不用上一口釘，只靠木榫嵌成的清水寺眺望台，我便想起宏偉無比的天壇。看見擺在寺門的一雙鐵屐，和兩把許多人使勁也提不動的鐵禪杖，我又彷彿看見魯智深的影子。在綠油油一片的「後樂園」裏，我會誦着范仲淹的「先天下之憂而憂、後天下之樂而樂」。進入陰森肅穆的「三十三間堂」，面對一千尊觀音和面目猙獰的十八位羅漢，我問「雲岡石窟」是不是一個模樣？跨進滿是奇怪形狀鐘乳石、豐富地下水，冷得我發抖的「秋芳洞」，在讚歎之聲不絕中，有人告訴我桂林「七星岩」比它好看百倍。

也許，真有點自討苦吃。我不能責怪日本保留了太多中國的味道。「日近長安遠」，誰叫我只站在落馬洲山岡上臨風惘然，卻從沒跨過那河，如今，反飛到千里外來呢？

在明治神宮前

《中國學生周報》一九七一年九月十七日

兩張舊報紙

在東京，是旅客最忙的日子，因為許多香港來客要把握珍貴時間，跑進那些大得叫人迷途的百貨公司裏去，拚命搶購。我卻真的認命了，只停留半個鐘頭，人家可以買得大包小包，面帶喜色歸隊，我跟朋友老在最下一層團團轉，便頭昏眼花忙着要找出路，什麼也看不到。哪來神奇力量令他們可以跑完八層大樓，又有如許多的東西可買，我真不明白！但同隊的人也一定不明白我，因為到了有些地方，他們悶得發呆，我卻精神百倍，跑到最後一分鐘才回隊；而買的東西就更古怪了！例如在東京鐵塔，我竟買了兩份幾十年前的舊日本報紙影印本。

日本就是這樣的了：人家巴黎有個世界聞名的鐵塔，它也要建一個，還要比人家的高出一點點，於是它可以説世界第一了！據説站在展望台上，可以看到整個東京面貌。但我到達的那天，卻因天氣不佳，只是迷濛一片。幸而內部擺賣的攤子多，一小時的遊覽，對有些人來說也實在不夠。

許多攤子中，有一櫃枱前堆滿日本青年人，指指點點忙着買些什麼，於是我也跑近去看看。原來是專賣《東京朝日新聞》舊報紙影印本的，青年人要知道自己出生那天，日本或國際有些什麼新聞，只要寫上日子交了錢，便可得一張當天的《朝日新聞》第一版影印本。本來，這對於我來說，只是新奇，卻沒有什麼吸引力。可是，當我一瞥，看見掛在牆上作廣告樣本的報紙時，就彷彿觸了電般。什麼？「盧溝橋……支那兵不法射擊……我軍大勝……」這算是怎麼一回事？咱們中國堂堂正正保護國土，叫做不法射擊？而看另一張：「暴戾……支那兵……滿鐵線爆破……我鐵道守備隊應戰……」東北是我們的，日本卻有鐵道守備隊，還說中國軍隊破壞鐵路？一陣憤怒湧上，這股怒氣，比往日讀歷史記載日本侵華事實時，來得高漲，因為，「歪曲事實」的嘴臉，到今天，還是毫不後悔地擺出來，日本青年人接受的就是這些「事實」。看，當時報紙如此寫，後來教科書如此寫，結論就是「中國不法」，「日本被迫還擊」。還有，幾十年來發生的巨大新聞多的是，為什麼偏偏要

THE TOKYO ASAHI SHIMBUN

東京朝日新聞

北平郊外で日支兩軍衝突

不法射撃に我軍反撃

廿九軍を武裝解除

疾風の如く龍王廟占據

支那の要請で一時停戰

鹿内准尉戰死す

野地少尉負傷

硝煙の戰線を行く

突如銃を擬し脅迫

軍當局強硬

陸軍省へ公電

不法を徹底糺彈

武裝解除を先決とす

我電線を切斷し行動妨害を企つ

支那側計畫的行爲か

南京政府強硬

宋哲元氏に歸平命令

今日の問題

可愛いお子様方の讀物には

幼年倶樂部

一九三一年九月十九日《東京朝日新聞》影印本。當年九月十八日，日軍在中國奉天（即今瀋陽）炸毀鐵路，引發中日軍事衝突。翌日《東京朝日新聞》的報道中，標題稱此事是中國「不法射擊」、「我鐵道守備隊應戰」。

奉軍滿鐵線を爆破
日支兩軍戰端を開く
我鐵道守備隊應戰す

【奉天十八日發特派員發】本日午後十時三十分奉天駐在の我鐵道守備隊と北大營の東北陸軍第一旅の兵と衝突目下激戰中である

我軍北大營の兵營占領

【奉天十八日發至急電報】本日午後十時半北大營の西北において暴戾なる支那兵が滿鐵線を爆破し我が守備兵を襲撃したので我が守備隊は時を移さずこれに應戰し大砲をもつて北大營の支那兵を砲撃し北大營の一部を占領した

【奉天十八日發聯合】十八日夜十時半北大營西北側において支那兵と我守備隊兵と交戰が開始されたが續いて十一時二十分獨立守備隊は全力をあげて北大營を攻撃し駐在二十九聯隊は友軍の危機を救ふ目的で商ふ地內の支那兵を掃滅すべく攻撃中である 目下砲聲折々全市を震動しつゝある

奉天城へ砲撃を開始

【奉天十八日發至急電報】午後十一時二十分我軍は北大營の支那兵營の一部を占領した

【奉天十八日發至急電報】我軍は奉天城に向つて砲撃を開始した午後十二時

駐在二十九聯隊出動

【奉天十八日發至急電報】北大營 奉天北方三マイルにおける日支兩軍の激戰はなほ盛んに續けられてゐる、奉天駐在の第二十九聯隊および鐵道守備の獨立守備隊第二…

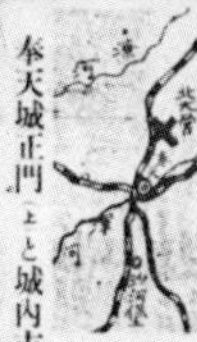

奉天城正門（上）と城內市街地（下）

奉天付近には約三大隊の日本軍
在住邦人は二萬余人

大隊は總動員し出來るだけ勢力を割いて午後十二時應援に赴つた

【奉天十八日發至急電報】日支兩軍衝突のため奉天駐在の第二十九聯隊及び獨立守備隊は左の如く各部署についた

某所へも入電

第二調査隊の復命に
中村大尉銃殺を確認
榮氏森岡領事に言明

奉派極度に緊張す
張氏の指令を仰ぐ

正式回答は廿日頃

省政府の祕密命令
「日本軍隊の食糧生牛の購入速に拒絕せよ！」

闞は死刑か

軍法會議

朝鮮事件と比べてどちらが重大？

武漢へ

モイル・アレンのニュース
本社で版權獲得

朝鮮總督府異動
近く閣議で正式決定

軍縮會議への期待と提唱

擺上「七七事變」、「九一八」事件的兩天報紙作樣本？是湊巧還是另具用心？

一百五十日元一張舊報紙影印本，並不便宜，內容又使我如此生氣，但我依舊掏腰包買了兩張，因為，好待將來上歷史課，讓我的學生看看，日本是這樣說「事實」的。

一個隊友對我說：「幹嗎三百元買兩張舊報紙？傻瓜！」

是的，兩張舊報紙，一副野心相，包在裏頭了！我們真的要打點精神，不要傻才好！

《中國學生周報》一九七一年九月二十四日

橫濱的中華街

在日本，太陽出得真早，五點多鐘便滿街陽光了。為了珍惜旅遊時光，我們通常都很早啟程趕路。像那天，由東京趕到橫濱，才找店子進早餐，我們已經餓着肚子跑了一大段路了！

一清早，到達橫濱港岸旁邊的公園，團長説跑過花園盡頭，再拐一個彎，就是華僑聚居的中華街，去看看，也好順道進早餐。

陽光乾淨地照着港口、碼頭、停泊着的輪船、公園，全是靜靜的，什麼都像凝住了，我實在不相信，一個著名海港的清晨是這模樣的。在綠得發亮的草地上，散布了顏色鮮明，款式新奇的公園椅子，加上藍天白雲，那簡直是個彩色的日子！

一眼望去，不必細看路牌，也可以斷定馬路對面就是中華街，因為古古老老兩層式的中國建築物、大紅大綠的粉飾，再加些什麼「狀元樓京菜」的招牌。驀然，泛起了一陣親切感。雖然，豎立在街的入口處的紅木牌坊，看來像電影布景，但看見牌匾上「親仁善鄰」四個大字，又心底暖暖的，不忍再苛求些什麼了！

街內的飲食店很多，可是，委實太早了，誰會開門做生意？好容易才找到一間僅可擠得下二十人的小店，還吃了一頓萬分滿意的廣東早餐——及第粥、油炸鬼！

這小店很古老，坐在裏邊，有點像拍古裝電影。木窗楞往外向上開，要用木枝撐住，木枱木櫈都被油膩人氣薰得黃亮。牆上掛了一幅雙鯉年畫，另外還有三個木框鏡架，鑲着的有速寫畫和許多大概是顧客的簽名，我只看懂其中一個是「王貞

橫濱中華街

治」。這真是間奇怪的店！

大概，由於我們人多，又全講廣州話，居然把店主人引出來了。他除了一頭白髮外，那紅潤面色和碩健身形，實在不像七十開外的人。在異國碰到「自己人」，我們十分興奮，於是七嘴八舌問他許多華僑生活問題。看！他瞇着眼，用宏亮的嗓子答着：「我？噢！遠在幾十年前，中國剛開始北伐，就拖着一條爛棉被踏上橫濱港了。……當人家的廚子，捱過好多年，才積得一點點錢，買下這塊地，蓋了這小舖子。……入日本籍？不！我是中國人！入日本籍呀，只配給日本人看守貨倉！我現在不是很好嗎？許多人都來吃我的中華料理，那就是作家、畫家、運動家的簽名囉！……孩子們長大了，唉！不要指望他們，青年人不肯像我們老一輩捱苦，也不必剩下財產。我呀！看透了。喏！剛訂了票子去看大祭，好看啊！嘩！他們整夜在街頭唱歌跳舞呢！……幾年前，日本政府批准我回大陸去一轉，好辛苦才得到中共發給入口證。唉！中國不會再要我們的了，回去，只是看看家鄉，了卻一樁心願罷了……抗戰時候，我們慘啦，不敢也不能離開這裏。……」

他是個健談的老人家，直至我們要走，話還沒説完。雖然，他沒有什麼悲哀表情，可是，説着説着，我們已經體味了點點華僑的辛酸。

告別中華街，告別華僑最多的横濱，回頭一瞥，再看不見親切的紅木牌坊，和七彩的日子，只看見身旁一個平日自認鐵石為心的朋友，眼中閃閃的淚光。

《中國學生周報》一九七一年十月一日

名古屋街頭的兩種表情

富士山，據說是日本的象徵，可是，今回我專誠跑到它腳下，住了兩天，卻無緣分，竟看不見它的真正面目。沒有時間，也沒有氣力，我們沒有跟懷了朝聖心情的日本人上山去。但住在山下的河口湖畔，應該是看山的最好角度，怎料，第一天，低低雨雲把什麼風景都煞盡了，第二天，算放晴了，但遠處依然蒼煙迷漫，好容易在導遊員指示下，大家才似是而非的「據說」都看到富士山的影子。這樣就算看過富士山，真是個大笑話！

帶着這個笑話，經過著名的日本平茶場，我們到了名古屋。住的酒店正是中國乒乓球隊到日本比賽時駐隊的地方；這個房間可能莊則棟住過，那個房間可能李富榮住過，雖然我們在說笑中胡亂猜着，但在心底裏，都有親切敬意，因為：他們是中國人！

放下行囊，大夥兒便逛市中心榮町區去，剛巧是五點鐘下班的時候，行人道上擠得有點像香港逛年宵的模樣。突然，傳來陣陣廣播聲音，雖然聽不懂日本話，由於語氣激昂，倒不難知道有人正在演說了。依據生活在香港的經驗，人羣聚集處便是演講者的所在地，可是，找呀找全是匆匆趕路的「人流」，哪裏有人羣堆在一起呢？等得橫過了馬路，才發覺停在路旁一輛小貨車頂上，站了個青年人對着播音器振臂高呼。從標語上看得懂的漢字去猜，大概他在反對核爆試驗。奇怪的不是他可以如此自由在街頭演説，而是熙攘的人羣，竟沒一個好奇的停下腳步來聽。究竟是日本人受過嚴格訓練，不作破壞公安秩序的行為呢？還是對於這類演講已經習慣了，不值得好奇停下來費時間呢？這真是一個很有趣的問題。在街的另一角，一批戴着寫滿口號鋼盔的青年人，正忙着向行人派發傳單。原來他們是全學聯分子，要反對佐藤、反對原水爆、反對沖繩島事件……詳詳細細在精美的傳單上開列了理由，號召日本人參加他們的示威行列。但木無表情的行人，接了或根本不接那傳單就走開，簡直不當成一回與自己有關的事。難道日本人對事情是這樣漠不關心的麼？不禁叫我這個過客生疑了！

再走過一條馬路，卻發現大堆人聚在一座大廈門外，緊張地讀着那張油墨未乾的告示。原來稱為日本航空史上最大慘劇——「全日空」客機跟空中自衛隊軍機相撞、一六八人死亡的消息剛傳到名古屋來。雖然詳細情形不知道，可是，一百六十多條人命，就夠使我們心情往下一沉了。半小時後，全街貼滿了報紙號外，甚至連百貨公司裏每個樹櫃玻璃上也都貼上，人們圍讀的表情是既關心又難過。等到晚上，電視台把原來節目取消，播出有關情況，包括失事現場搶救過程實錄、死亡名單、家屬訪問、有關當局追究失事責任的緊急會議現場實錄、圖解、航空專家發表意見。整夜守在電視機前，看人家的辦事認真，實在十分感動，再過幾天，消息傳來自衛隊首腦引咎辭職、研究小組公布劃分航線計劃，那就更吃驚了，因為人家的官員是如此自我負責，辦事是如此迅速，除卻關心之外，一定還有些什麼力量在支持，是什麼力量呢？不是值得我們想想麼？

名古屋沒留給我深刻印象，但卻難忘街頭人羣的兩種表情！

《中國學生周報》一九七一年十月八日

一座記恨館

一九七一年八月六日，下午，颱風過後，淒風苦雨中，我踏進廣島「平和記念廣場」。

這該是日本人一個淒傷日子。廣場的草綠油油，碎石子白得耀眼，早蓋盡了二十六年前在這兒的血肉與灰塵相混的可怖顏色。慰靈塔旁有中年以上的日本人在擦眼淚，也有二十六歲以下的日本人在嬉笑。在我眼中，這種不協調，可能成為未來日本再導演一齣悲劇的主力。

站在廣場盡頭河畔，呆望着對岸那座原爆後唯一剩下來的建築物殘骸，禁不住懷疑：這個殘破圓頂、只有幾堵瘡痍滿身危牆的空架子，二十六年來帶給日本人的，究竟是懺悔當年不該發動侵略戰爭，還是警惕不要再有戰爭，更還是記恨別人對自己國家的殘忍？看它的深沉和猙獰，直覺會給人一種恨多悔少的印象。

「平和記念資料館」，是記念廣場中的主題建築物，灰黑色，扁扁長長，有如一具橫放的棺材，前面噴水池噴出的水花，直像一對白蠟燭和幾炷香。大概由於那天是原爆二十六周年紀念日，所以進館參觀的人十分擠擁，而人羣中，除了外國遊客，最多還是日本人。

廣島原爆後的建築物殘骸

館內保留着一切廣島被炸後的慘狀紀錄；巨形照片中，可以看見在爆炸中心區，給熱力化為烏有的人留下的黑影，皮肉被熱風灼得像爛棉被般的傷者。玻璃櫃裏放着稀爛的用具、死傷者穿過的衣服。一進去就叫人作嘔和起雞皮疙瘩的館內，盡是日本人如何被外邦人殘殺的留痕，卻從看不見一絲毫追究引起這場慘劇原因的資料。青年的日本母親帶着小孩子，站在那些可怕東西面前，細細地解釋當年的慘狀，但有誰會提及日本侵略的野心，正是此次慘劇的真正兇手？有誰會說自己國家是罪有應得？有誰會描述在廣大中國土地上，日本軍隊對中國人民所施的殘暴？青年一輩知道，二十六年前的電光一閃，立刻炸死七萬多日本人，但卻不知道，遠在四五十年前，日本軍人已經在分期宰割着無辜的中國人。七萬？八年抗戰中，我們同胞死在刺刀、炮火、皮靴下的人數，就只有七萬那麼少？算我有強烈的偏見，這館是一座記恨的石碑，沒刻上一個悔改的文字！

站在人道的立場，對於七萬死於原子彈下的日本平民，我很淒然。但，對於日本軍國主義者的侵略野心、和有意向人民灌輸「有恨無悔」的國家教育手段，卻無

岩崎京子《原爆之火》（新日本出版社，二〇〇〇年），用繪本形式講述廣島原爆一事。

法寬恕。二千多年傳下來的恕道思想，橫亙在心中，使我們中國人很輕易忘掉仇恨，可是，面對充滿記恨血液的悲劇民族，我們實在不該太易淡忘那慘痛的遭遇。不過徒然而無根的仇恨，並不是對付日本的好辦法，因為一時血氣之勇，根本沒法子對抗沉潛入骨的復仇意念。我們必須做好防禦工夫，努力自強，才可以壓得住人家的野心。因此，保有強壯的體魄、有效正確的思考能力、豐富的學識、堅忍的工作態度……都是基本的抗日條件，我們需要的是這些，不必再築造一座記恨館！

離開資料館前，在出口處看見遊客留言冊上，有人寫下「Peace」，也有人寫下「No more」，我不禁啞然，因為這些字眼，實在寫得太易，放在如此場所裏，就只像一個可憐的小丑！

《中國學生周報》一九七一年十月十五日

小思說

問　老師您最近有再去過「平和記念資料館」嗎？

小思　幾年前再去過。館中資料視像全都用上最新科技處理過，讓參觀者用今天適應慣了的視角來觀看展品，比四十多年前更「清楚」，更驚心動魄了。

弔古戰場

香港是一個遠離歷史的現代化城市，想找些什麼歷史古跡，發點思古幽情，那簡直是奢望。在飛機升降嘈聲、汽車馬達響聲，修路建橋打樁機聲大合奏中，望着困在人潮車塵裏的一塊四四方方、刻上「宋王台」三個字呆得可以的石頭，而能夠遙想當年南宋末祚孤臣幼王，臨風揮涕的悲苦情懷的人，必須具有超級幻想能力。在日本，十分現代化的大城市多的是，但對於帶歷史或文學價值的地方和建設，卻萬分着意保留，視作國家的「文化財」。這大概，歷史遺跡文物都可以增加民族的驕傲感，同時也可以讓人民在歷史回顧中，有了親切的體味，因而增加對國家的歸屬感。

下關，在外國遊客心目中，並不是個著名的旅遊地，所以許多旅行團都不把它列入行程裏。但在日本人心中，就大大不同了，因為至少有兩件歷史大事在下關發生，他們必須好好到那兒憑弔回顧一下。其中一件史實，更跟文學結合了，成為一段多采而壯烈的民間故事，那就是「源平之戰」。

據說在七百多年前，日本的兩個大家族：源家和平家，發生一場慘烈戰爭。他們在陸上海上打了大大小小許多場仗，最後一戰也是最激烈的一戰，就在下關的海岸展開，這就是《平家物語》和《源氏物語》兩本日本名著裏提到的「壇之浦海上合戰」場面。平家一門上下，由於海水突然逆流，無法駕馭船隻而大敗，全被源氏殺死了。平氏一家都葬在下關，可是卻冤魂不息。後來，有一個擅彈琵琶的和尚，叫做芳一的，由於喜唱平家故事，而且唱得悲壯感人，就連平家鬼魂也感動了，於是夜夜捉他去唱。芳一的師傅為了挽救小徒弟的性命，便替他遍身寫上抗鬼的符咒，可是匆忙中漏寫了兩隻耳朵。到了晚上，平家鬼來捉人，只見兩耳，便一把扯掉，從此，和尚就失去兩耳，他就是著名的「無耳芳一」了。以上所提的故事，我們在日本電影《怪談》裏看過，卻從沒想到有機會能站在古戰場旁，去追想當年情景。

下關海峽的海流很急，在風和日麗的日子，波浪也很大，真的很易叫人聯想起那場鬼泣神號的戰役。岸邊有一座紅白得刺眼的赤間神宮，平家塚和無耳芳一像都在裏面。有關歷史文學的遺跡，一旦都在眼前，使我十分興奮，而有一羣中國人遠道而來，也使神宮的主持人感到高興萬分。穿着古服、鬢髮斑白的主持帶我們遊覽一匝，還興致勃勃地追述無耳芳一的故事，更衝口唱出兩句和尚當年唱的秘曲。噢！那半唱半朗誦的腔調，實在太吸引了，雖然聽不懂日本話，也感到曲中的蒼涼。於是，我沒理會團友感不感興趣，請他再唱一次。出乎意外，他竟請求我們多留二十分鐘，好讓他配上古樂及祭神舞蹈，把全曲搬演出來。這簡直是意外收穫，我們哪有不答應之理呢？

真想不到，在壇之浦旁，赤間神宮紅柱祭台上、琵琶古琴聲中，隨着沉雄悲涼歌聲，我有機會翻閱遠在七百多年前的日本歷史悲劇。更想不到，別了赤間神宮，不到五分鐘，我又翻閱了不過七十多年前的一幕中國歷史悲劇——中日甲午之戰。為什麼會連起中日之戰來說呢？只因為我一直提及的下關，就是簽訂《馬關條約》的馬關。

《中國學生周報》一九七一年十月二十二日

就在赤間神宮旁邊，走不了幾步，有一堵破牆阻住去路。團長指指挨在破牆缺口的一道木梯，原來我們要抄捷徑進入「春帆樓」的後園。

七十多年前了，一八九五年，七十三歲的李鴻章就在馬關的「春帆樓」簽訂了《馬關條約》。我們當然知道在一八九四年「甲午戰爭」中，中國的北洋海軍怎樣一敗塗地，多少名將士兵英勇抗敵成仁，幾許船艦永埋黃海海底。我們更知道一紙不平等的《馬關條約》，使中國失去台灣澎湖、二萬萬兩軍費，失去許多關稅的權利，最重要的是一個自大盲目的夢也醒過來了。

「春帆樓」是幢半洋式的建築物，只有兩層。正門的兩邊柱上，分別掛了不同字體，但都只是寫「春帆樓」三個漢字的木招牌。我們正要衝進去，卻給裏面的人擋住，說那兒已改為旅館，要看歷史文物，得到隔壁的「日清講和談判記念館」去。

那座記念館小小舊舊，門還是鎖上了的，女服務員為我們開了門就退出去。在暗黃的燈光下，我感到塵封和發霉的小屋內，一個個歷史幽靈還隱隱的縈繞不去。屋的中央，擺了當年簽約的長桌，桌的每邊有五把紅絨墊木椅，椅子背後都有一塊說明紙片，說明坐那椅子的人的名字官銜。李鴻章跟他的兒子李經方，就坐在桌子一邊的第一第二把椅子上，日本代表伊滕博文和陸奧宗光坐在他們對面。其餘是雙方的翻譯、秘書、參贊官。屋的四周擺有玻璃櫃，裏面陳列了衣服，油畫。因為沒有說明文字，不知道衣服是誰的，但油畫卻眼刺刺，全是中國人卑躬屈膝，日本人昂首傲視的樣子，不必說明，我們也看

日清講和談判記念館

得懂了。隊友不約而同的泛起陣陣憤怒，有人咒罵日本人，也有人咒罵李鴻章。定睛看着懸在牆上《馬關條約》的影印本，我感到一股熱向胸口上湧，很熟悉的就像每次讀近代史時的感覺，只是今回就更厲害吧了！

步出館門，耳邊還響着一個隊友的罵聲：「通番賣國李鴻章！」唉！後世對歷史人物的評價，有時真是有理說不清，雖然李鴻章在「甲午戰爭」這段歷史裏，的確要負責任，但作為弱國外交談判官員，他實在是無能為力去堅持些什麼。更何況，在談判中途，他曾捱了刺客一槍，想想七十三歲的老臣，為了避免延宕大事，不肯把子彈挖出，就讓它藏在左臉頰裏去繼續開會，我們加他一頂「通番賣國」的帽子，未免太大了吧？

沒作一聲，我沿「春帆樓」的正門大路跑向公路。在踏上旅遊車之前，回頭再望一眼罷！赫然一座大理石招牌樹在路旁，在「史蹟春帆樓」幾個字之下，竟有「割烹旅館」四個小字。割烹，好一個割烹，就寫盡了七十多年前在這館裏所發生的一切，也描盡了日本對我國的行為！

在「春帆樓」三字下，有「割烹旅館」四個小字。

我沒有追查日文「割烹」是什麼意思，默默的攝了一幀照片，就上車去，離開下關。割烹旅館——春帆樓，我會好好記上一輩子！

《中國學生周報》一九七一年十月二十九日

小思說

問　「割烹」二字彷彿暗指中國任人魚肉，似是有意安排，又似巧合？

小思　不是的，其實「割烹」是日本料理的專有名詞而已，但是對我來說呢，就會另有解讀了。「烹」字是「煮」的意思，「割」就是「割切」的意思，對於熟悉日本侵略中國歷史的人來說，這兩個字是正中要害的，所以我的反應很強烈。其實日本人完全沒有這個意思，只是說這個旅館提供日本烹調料理而已。

這件事，就證明了那時候我帶着一種很濃烈的民族意識，去「敵國」旅行。我想當時和我一起去的中國人都沒有這想法的。可能冥冥中這兩個字，映入我眼，進入我心，激起了我強烈的家國仇恨那種感覺。

長崎今日又下雨

遠在四百年前，長崎，這個多雨的港口，就被荷蘭和許多其他西洋國家的船隻闖開了。外國人給日本帶來天主教、新式機械、科學知識、洋式用具；同時，還有棄婦。

只要跑上一個面臨港口的小小山崗，便可以看見日本最初接受西洋文化的面目速寫，因為那兒有最古老的大浦天主教堂——保存得很好，大概是原爆後重修過的。有異人館——裏面擺的全是西洋最初傳入的東西和資料，也有接受西洋技術並加以發揚的日本專家蠟像；看着第一個日本攝影專家和他那具老古董的木匣子攝影機的造像，想着今天日本相機的大行其道，相信荷蘭人做夢也沒想到自己會有一個如此青出於藍的徒弟。那小山頂還有外國遊客最感興趣的蝴蝶夫人故居。

長崎今日又下雨！我撐着傘，走過微微俯下身子呵護着孩子、一手遙指港口的蝴蝶夫人銅像。到了精緻而纖弱的洋式屋子前，想像着那個可憐女人，怎樣倚在欄杆，數黃昏，數燕子、數過盡千帆地度日子。正想得發呆，一個朋友氣沖沖的從屋子裏跑出來，又一把把我拉進裏面去。其實，這所房子是《蝴蝶夫人》作者Mr. Glover 的住宅，他的妻子是日本人，但是不是跟蝴蝶夫人同一遭遇呢？我倒沒工夫去考據了。屋裏的大廳睡房都依作者生前的一般擺設，這也引不起我的興趣，所以，只瞟了幾眼，就想離開。可是，朋友卻咬牙切齒地指着客廳裏一張圓形餐桌，又指指牆上的說明文字，我就明白事情不簡單了。原來，餐桌座架是用一個很大的船舵造成，而那船舵，就是甲午戰爭，清海軍提督丁汝昌的旗艦定遠號的船舵。在一八九五年二月，定遠艦在作戰中被日炮轟沉，

用作餐桌座架的「定遠號」船舵

雖然慘敗，也該算壯烈，但曾操縱全船方向的舵盤，卻淪落敵手，委屈在客廳裏當餐桌座架，那實在太污蔑了！心裏有氣，一下子連話也說不出來。

在雨中，下得山來，就向長崎「原爆記念場」進發。剛巧是八月九日，正值原爆二十六周年紀念，只因我們下午才到，紀念儀式和人羣都散了，加上規模不及廣島，隊友沒興趣在那兒獃下去，累得我和三個隊友，在團長規定的二十分鐘內來回，跑往隔了幾條街的「長崎國際文化館」去，看在二樓的「原爆資料館」。果然資料和氣氛，跟廣島差得很遠，也由於時間關係，只能轉一圈便離開了。

旅遊車駛離廣場，遠離那座趺坐在廣場前、作為永遠和平象徵的長崎和平祈念人像。在雨中，他永遠為祈求和平閉上眼睛，左手向

原爆記念活動一景

長崎平和公園的和平祈願像前

側直伸平放表示和平，右手向上直指告訴人們世界第二顆原子彈是從上空投下。我覺得這個像很滑稽，沒有令人肅然的特質！

長崎漸遠，團長唱了一首很淒涼的歌，叫做：

〈長崎今日又下雨！〉

《中國學生周報》一九七一年十一月五日

小思說

問　老師參觀了廣島和長崎原爆紀念活動，那時候是不是已經有一種風氣，當日本有這種紀念活動，去日本旅行的人都會去參觀，或者去認識這件事呢？

小思　沒有的。一九七一年，香港人還未流行去日本旅行，就算去旅行多是去大城市。

最重要的一點就是我們去廣島和長崎的時候，剛好就是紀念一九四五年原子彈落下的日子，所以我說設計行程者想法很周全。香港旅行團，不會那樣設計安排的。

當然，現在可能有很多自由行的人都會去，但恐怕很少旅行團明言要去那些紀念館的。

因為那次是我第一次去日本旅行，又剛好有這樣的安排，在我的心裏鑄造了一種「歷史必須追尋」的印象，也就形成了我一九七三年去日本遊學時，視野很集中在「歷史追尋」的角度上。旅行是無心插柳，但卻「成蔭」了，影響真大。

問　文中提到「定遠號」的船舵被用作餐桌座架，我在網上找到一則資料，有人看了老師這篇文章後，就去追尋那張「餐桌」的下落，說它仍在長崎的哥拉巴公園，但現時已沒有公開展出了。

小思　是的，已收藏起來了。不單是船舵仍在日本，據說日本人還花錢請人把「定遠號」部分殘骸打撈上來，在福岡的太宰府，建了一座「定遠館」。

像透了瑞士的草千里

自南下九州後，團友就顯得提不起勁，因為不再經過他們最感興趣的大都市，也沒有什麼古跡勝地可開眼界。沿公路向前走，往往一兩個鐘頭都只見山坡、草原、藍天、白雲，怎不叫他們把心一橫只管在車裏睡覺？可是，快到阿蘇山時，情形可不同了，誰不抖擻精神看看這世界著名的活火山呢？

其實，向火山進發的路上，就已經夠好看，因為公路要穿過一個草原、兩個火山湖，才到達阿蘇山的半腰。日本人給草原起了個很夠氣派的名字：草千里。據說是個牧場，果然，在公路旁邊，或草連天的老遠一角，都有三五成羣的牛馬，悠閒得無可再悠閒地在放牧，卻沒有牛郎馬童看管。有的擺着尾巴只管吃草，有的就懶得動也不動在那兒躺着，如此景致，真像一幅西方田園油畫。一個曾到過歐洲的團友說，眼前景物，跟瑞士沒兩樣，尤其是一兩座歐洲式山間小築，一下子也叫他忘了自己身在日本。到了火山湖附近，草原就更遼闊了，幾個馳馬者在一片綠中，顯得草千里蒼茫無涯。日本就是這樣的，人家有什麼，它也要有什麼，雖然小得多，可是倒裝得像樣子。草千里中許多地方，分明是有意「加工」的，不過，無論怎樣，它仍使只看過元朗平原的我十分興奮，心懷也為之開擴！

走完一大段沉厚的綠，要轉乘特備的巴士上阿蘇山山腰。深褚色和赤黑色的火山岩，加上揚起的灰塵，使人感到山的氣勢。不久，車子停下來，日本導遊員十分權威地一定要我們在一所破屋前齊集，為的是聽一個日本人嘰嘰咕咕的「演說」。我們還以為宣布什麼入山守則，後來才弄明白原來是兜售明信片，真給氣得啼笑皆非。

阿蘇山頂，沒有汽車路可通，要上去就得跑路，這把團友嚇壞了，因為山路又長又陡，山氣又寒又濕，我們又沒有準備爬山裝束，於是一聲「不上也罷」，決定下山去。但我們有四個「主行派」，認為既到山腰也不上頂，實在一大損失，團長只好讓我們跟上山大隊走，而他們就在車站休息，等我們回來。

說真話，山中溫度很低，我穿上了毛衣和風衣，還冷得直發抖；加上時間限制，必須用跑步方式上山下山，才趕得上歸隊，這對我來說實在很冒險。但當我看見幾個老得連腰也彎了的日本人也大步大步跑，不知道哪裏來的勇氣，便一咬牙拚命跑，雖然落在最後，還能依時到達。

站在活火山口的邊緣，風把我吹得搖搖擺擺。霧又迷離，真有點飄飛的感覺。據說，每年總有幾對情侶，在這絕頂雙雙跳下火山口去，日本人認為這是浪漫的自殺方式。喘着氣，迷迷糊糊，我只拍了一幀照片，拾了一塊岩石，又要跑下山去了。

回到旅遊車，我們便繼續九州橫斷的旅程，可是，沿途有什麼可看，我也不知道，因為還在喘氣，而且，山上稀薄空氣弄得我有點暈眩，耳朵痛得像針刺一般，只希望快些到達旅店，好好休息一下。

以後，每次，想到阿蘇山，想到那幾個上山老人的背影，想到自己不中用的身體，就不禁十分慚愧了。我必須記取：

要幹什麼，也該先抓住健康！

《中國學生周報》一九七一年十一月十二日

看日本的電視

在日本，我們可以說沒有什麼夜生活，因為除了東京、名古屋、京都、大阪幾個城市外，我們都住在偏僻郊外的日本國民宿舍裏，離開市區很遠，除非有特別節目，否則，誰也不會在黃昏後外出。晚餐過後到上牀休息前一段時間，除了梳洗執拾、寫信和日記外，我就只呆在電視機前，把許多個電視台的晚間節目看遍。雖然，不懂日語，但通過畫面和少數漢字，依然可以明白人家正在做什麼；而趁機會，也看看人家怎樣利用電視作為教育人民的工具，又跟香港的電視有什麼不同。有了這樣心思，我也就看得津津有味了！

首先，要說給我最深印象的電視廣告。在香港，最好看的電視廣告多是外國拍攝，為外國產品宣傳；但日本卻幾乎全是本地產品的廣告。說到表達內容的形式，大概可以分成三大類：①諧趣的——通常畫面出現一些傻里傻氣的日本大男人或女人，做些意想不到的諧趣動作；或透過魚眼鏡頭把人物誇大地「丑」化了，很有漫畫味道，但絕沒有流於低級肉麻的毛病。②活潑的——這類廣告多以胖胖白白的小孩子做主角，看他們跑、笑、玩，天真和健康充滿整個畫面，連觀眾也可以分享這生的勁力和歡愉。廣告節目又以這類型佔了大多數，它們的含意就是：「為了小孩子，你應該買這些東西！」在日本，「兒童是國家的未來主人翁」這句話，並不是像我們，只在作文時才用的一句陳腔濫調，而是政府、父母切實執行的信條。為了國家，日本人確實為兒童下足了工夫，從廣告裏也透露了他們對兒童的重視。③優美的——這類廣告片拍得最悦目，也最能表現日本那種淡淡的、幽幽的美感。其中一個令我最難忘記：一個穿着和服，髮絲銀白的男士，悠閒地穿過蒼鬱的林蔭，穿過幽雅的小徑，走向給黃昏日影染得金閃的沙灘盡頭，鏡頭一接，是老人家充滿書卷味的書房，看他舒然地展卷凝神。「噢！原來他是川端康成！」我驚訝的叫起來。畫面配着雅樂，川端康成始終沒説過一句話，只坐在那兒看他的書。鏡頭再慢慢移向一角，竟是一具某種牌子的空氣調節機。想想，這片子簡直似首小詩啊！商業也不一定要俗氣薰天，這倒是很好的例子。

此外，日本電視節目，似乎很重視時事討論，幾乎每天都有兩三個「座談會」形式的節目，而出席人物都是政府機構的首長或大學教授、問題專家。看他們一本正經地發言，一談半小時，相信香港人早就把電視機關掉了，但日本卻把這類節目放在黃金時刻裏。我看到的討論題目包括了：日本航空路線劃分問題、美國經濟及日本經濟問題、環境污染問題，都是因全日空民航機失事、美國經濟政策、日本空氣污濁等實況而引起的話題。由此，大概也可證實日本人如何關懷自己國家和國際情況了。

其餘體育的報導，時事的實錄，都佔了許多廣播時刻。當然還有劇集，也有像《歡樂今宵》的大型現場直播綜藝節目。我只能夠説：值得香港電視學習的地方很多，而日本也着實好好利用了電視的功能。

《中國學生周報》一九七一年十一月十九日

小思說

問　川端康成是一九六八年的諾貝爾文學獎得主，老師在日本的電視中看見他，有什麼反應？那麼重要的作家會肯作商品代言人，會奇怪嗎？

小思　這廣告給我的印象很強烈。我未到日本旅行前已經愛讀川端康成的小說，再加上又知道他得到了諾貝爾文學獎，這在亞洲是很轟動的。文學作家、拿諾貝爾文學獎的人，應該是高高在上的——那時我的想法是這樣的。但他竟然為商品賣廣告！在七十年代，一位那麼重要的作家肯拋頭露面去賣廣告，以我的傳統保守觀念看來，實在無法接受。可是冷靜一想，竟然有作家可以給商人看中，邀請他上電視去推銷商品，這個作家在羣眾的心中，應該多麼有吸引力！

在當時來說，作家在電視上賣廣告，的確是新耳目的一件事。而且那廣告拍得真優美雅緻，川端康成悠然自得，不着一字，盡顯風流。那畫面，至今難忘。

四個印象

每天，在繁盛的街道上，擁迫的地下鐵裏，滿是歷史的勝地古跡前，閒靜的國民旅舍內，我碰見無數黃膚黑髮、樣相跟我們差不遠的日本人，就告訴自己：「好好看他們一眼，看他們究竟有什麼特點，有什麼可怕。」看着看着，一個個沒有提防會有人這樣看他的日本人，迎面而來，又打從我身旁擦過去了。到如今，他們的個別樣貌，我一個也記不起，但凝聚起來的特點，雖然很表面化，卻依然明明白白印在我這過客的腦海中。

日本人給我的第一個印象是：健康。由北至南，由大都市到小村莊，我碰見的日本人，尤其是小孩子和青年人，都是面色紅潤，體魄強健的。從小孩子的衣着和健康情況看，可以知道國家和父母在他們身上所用的工夫。我曾特意往大都市的橫街鑽，也逛進南部小村的農舍附近，只想找一兩個衣衫襤褸、面有菜色的小孩子看看，也許不是沒有的，可惜我總碰不上。如果想知道我所碰見的日本孩子大概是怎麼樣子，在香港銅鑼灣日本人學校下課的時候，就不難見到一個個「樣版」了！

第二個印象是：愛旅行。夏季正是學校放暑假的日子，也是日本學生傾巢而出，到外邊旅行的日子，他們叫見學旅行或修學旅行。小學生在老師的帶領下，自己負着小背囊，乘坐旅遊車，穿州過省的遠足去。看他們小小年紀，卻不慌不忙，很有秩序的上車下車，就知道絕不是初出茅廬的旅行家了。中學生大學生和青年人更不得了，他們多是三五成羣、整套旅行裝備：又大又重的背囊、厚底長柄的旅行靴、結實但不古怪的牛仔褲，男男女女，拿着一本全國旅行手冊，便闖蕩江湖去。在車站裏，國民宿舍裏，都見他們忙着計劃第二天行程的情況。在深山郊野，都見他們像一小縱隊向前挺進，這樣的練習，要全國皆兵，又有什麼稀奇？

第三個印象是：愛畫畫愛寫生。當我看見水族館裏，小孩子站在魚池前，小心地一筆一劃把魚的外形繪在小圖畫簿上，又抄下說明文字時，還以為是老師要他們做的功課呢！可是，一轉身，一個頭髮斑白的老人家也在畫，一個青年人也在畫，這就引起我的注意了。往後的日子裏，隨時，在公園、郊外、動物園，都可以看見母親細心坐在孩子身旁，看他們寫生。成年人也隨身帶了小冊子，對有興趣的東西又抄又畫。這種做法，實在容易增強人們的觀察能力和記憶；也使我想起有人說：當年，日本發動侵華行動之前，已經擁有一張比咱們中國自繪更精細的中國地圖，因為連某街轉角有一口井，有多少尺深也記上了，這全憑到中國作間諜的日本人的觀察和記憶而繪成的。我曾懷疑過這個說法，因為不相信人有如此能力，現在卻不由不信。

第四個印象是：愛研究生物。老早聽説日本天皇是個業餘生物學者，還以為只因他生於深宮之中，閒來無事才會搞些研究名堂玩玩罷了。怎料，到了日本，無論在大街郊野，都輕易碰見攜了捕蟲網和盛蟲膠籠的孩子，一本正經地趕路去捕捉昆蟲。十一二歲的成一羣，不必大人陪伴；六七歲的也一堆，倒勞煩媽媽陪着走。在南部一個長途車車站裏，我就看見兩個小孩對着捕回來的昆蟲指指點點，説上一大串話，身旁兩個大人卻俯下身來專心地聽，認真得像上課般。這種風氣怎樣子構成，實在值得想一想！

也許，過於匆匆，我能捕捉的表面特點還不夠多，但所構成的印象，卻夠令人難以忘懷了。

《中國學生周報》一九七一年十二月十日

小思說

問　香港學生多是秋季去旅行，全班以至全級學生去遠足或者參觀，然後一起燒烤，跟日本學生的見學旅行不太一樣呢！

小思　近年，日本中學生的見學或修學旅行，已不再集體大團出去了，而是四個同學一組，包租一輛的士，由年長司機同時當導遊，在指定參觀地點停下來逛逛看看。這種「舒服」旅行，不知效果如何？去年（二〇一六年）在京都比較少遊人到的法輪寺，遇上四個見學旅行學生，他們那隨便下車逛逛便離開的態度，令我詫異。

四個不同類型的日本人

滿街碰面都是日本人，並不認識任何一個，那沒有什麼出奇。不懂得日文，卻有機會跟四個不同類型的日本人「交談」，就該算是奇遇了。這四個人，從不同的地方給我遇上了，他們如此強烈差異，勾畫出四副日本人面譜，增添了我旅程體驗，實在意想不到。

一

記得剛到達日本的第三天，在東照宮的門前，參觀的人多得密密麻麻，要分批才能進去。我和幾個隊友參觀完畢，還要等其他隊友，就站在門前指指劃劃說笑。突然，我發現一個六七十歲的日本老婦人頻頻對着我們微笑點頭，起初以為她錯認了人，但禮貌上還是跟她笑了笑，打個招呼。不知怎的，她竟忍不住用日語對我們開腔了。不懂得她說什麼，但在她的目光中，可以察覺絲絲的愉悅和溫情。幸而團長在旁，就跟她交談起來，也給我們翻譯了。原來，在三十多年前，中日正式宣戰後，許多中國留日學生都因戰爭關係，跟家人斷了接觸，也失去了接濟，生活十分徬徨。她丈夫是大學裏當教授的，家裏就收容了好幾個中國學生。而這幾個學生都很可愛，叫她很難忘記，因此，見到一羣中國青年人，她又重拾一股暖暖的回憶。這個老女人，在戰亂中，給敵國學生一次援手，是人類的善性透露，雖然，比起殺人盈野的戰爭，那簡直纖弱得像空氣中一顆微塵，但我依舊好好看了她一眼。

二

日本政府在全國著名旅遊區，都建有一些國民宿舍，以便國民及外國文教團體，以低廉代價去享受一宿兩餐的旅遊生活。在廣島，我們就住在一所這樣的宿舍裏。早上不到六時，我正和朋友坐在客廳中看電視，一個日本男人，頸項圍住白毛巾，像剛晨操回來，見到我們，便坐下來嘀咕談起來，這弄得我們手足無措，只好擺手搖頭表示我們不懂日文了。原來，他誤會我倆是日本學生，還以為是從東京到廣島去參加示威的呢！「哦！中國人！」他用不純正的國語說完這句話後，便匆匆跑了出去，不久，又匆匆拿着紙筆跑回來，如此，我們便開始一段有點兒莫名其妙的筆談！由於他不懂英文，國語也僅得幾個詞彙，漢字嗎？加起來的詞句就偏叫人不懂，談話內容便顯得斷斷續續。起初，他只問我們到日本來好玩麼、住得慣吃得慣麼等問題，也忘卻怎樣提起了中國，他就很熱烈地告訴我：他到過中國——遠在三十多年前曾在漢口工作，第一個戀人是中國女孩子……。三十多年前到過中國？我再無法集中注意力跟他談了，瞥見他左頰和左手背都隱約有一度長長疤痕，算我想得太遠，在中國，他幹過什麼呢？竟然，在還未得到正確答案前，我已經自以為是的生氣起來。看着他熱切地談、溫和地笑，自己卻小人之心地胡猜，真不知道自己應該怎樣做，巴不得趕快結束這段談話。幸而，早餐時間到了，我們便向他道別，也滿以為這一面緣可以告終。怎料，快上旅遊車時，他竟攜來生果和禮物，要送給我們，還帶同他的媽媽、妻子、子女在露台上給我們送行，這可把我們嚇呆了！隊友們更有點「騷動」，不奇怪，香港人受不慣如此熱情，連我自己在內，到如今，仍然在猜想他那番行動有什麼含意。

以上兩個都是對中日戰爭有親歷經驗的上一輩日本人。想不到，幾天後，我們又碰上了兩個不超過二十五歲的日本青年人。

三

一個大清早，我們趕路到宮島去，看建在水裏的紅木大鳥居，看一年一度的嚴島神社大祭。大鳥居就是大鳥居，跟平常見到的沒多大分別，不過築在水上就是了。神社大祭真像香港天后誕。全島居民都盛裝參神去。大街上擺滿賣物小攤子，海上又有賽船節目，果然是到處節日氣氛。聽人説大街上有所郵政局，恰巧創業百年慶典，有許多紀念郵戳讓遊人留印紀念，我們便跑去湊個熱鬧了。

小郵局裏擁滿等候蓋印的人，好容易才把十多個刻有精細圖畫的印蓋完，回過頭來，卻看見我的朋友正跟一個日本青年人又寫又講。那是個很典型的日本都市青年——一頭長而帶曲的頭髮、文化恤、牛仔褲、牛仔帽，一面嚴謹而缺乏溫和的表情，遠看去他真像正跟我的朋友在吵架呢！連忙趕上前去，剛聽到他用沒有文法的日式英語說：「日本不好，中國十分十分好。」原來，他知道我們是中國人，自動跑上來找機會談話的。他告訴我們去年夏天曾到大陸去，到過廣州、北京、長沙、南京……見過郭沫若。由於他的英語國語都很蹩腳，漢字詞彙又不夠用，我們很吃力才聽明白他所說的。但他似乎並不理會我們明白不明白，情急起來連日語也用上了。「中國十分十分好，明年我會再去！」他重複了這句話不知多少次，又從背囊裏拿出一頂草綠色的解放軍軍帽，說是在湖南長沙韶山買的。一會兒，又拿出一本毛語錄，興奮地翻給我們看中國朋友為他寫的紀念句子。看他的神情簡直像朝聖回來的模樣。面對一個如此熱愛中國的外國人，我們顯得有點不知所措，能說些什麼呢？何況，他那急躁得橫蠻的「演講」，根本別人沒法插嘴。本來，我想問他「日本不好」的原因的，但終於等到我們歸隊時間到了，還找不着一個隙去打斷他的話。說再見以後，他直直站在郵局門前看着我們走，留給我一個始終沒有笑過的嚴謹面容。

四

在阿蘇山腳下，大阿蘇國民宿舍面對的風光，可以說得上壯美，爽朗的天氣更叫人精神大振。那天晚上，我跟朋友在客廳裏聊天，正談及宮島上碰見的青年是日本新左翼分子呢還是中國迷，坐在沙發對面一個青年人竟又自動跑上來打招呼了。他的打扮跟宮島青年差不多，不同的只是滿面溫和而傻傻的笑容。首先，他也用寫漢字講英語的方式，告訴我們他的名字，是近畿大學商學院二年級學生，地址，和家鄉情況，更熱切地介紹日本名勝，說日本怎樣怎樣美好；歡迎我們到他的國家來。突然，他又問香港有沒有「Radio」，我一下子搞不清楚他想知道什麼，說來說去，才知道他是業餘無線電通訊員，有個國際性電訊呼號，自己擁有電訊收發機，可以跟世界各地通訊，那也是他最大的興趣。後來，他還把同行的同學介紹給我們認識，也是個乖得有點呆的日本人。斷斷續續地談，到快要道別時，他要求我們給他通訊地址。這真可嚇壞了！在香港，我們絕不會把地址姓名告訴陌生人的，該怎辦？我有點躊躇，但想到人家大大方方，自己卻畏首畏尾，恐怕惹人誤會中國人是小家相，就只好硬着頭皮寫了。分手後，我的朋友自言自語説：「奇怪！兩天內碰上兩個絕不同類型的青年人，真太巧了！」是的，對於一個過客，這種遭遇實在太巧了！

《中國學生周報》一九七一年十二月十七日、十二月二十四日

御手洗和風呂

說了解日本這民族，實在不容易，舉個例子說，像公共衞生這回事吧！他們既頂講究清潔衞生，又頂不清潔衞生的，這話怎講？我們從廁所和浴室兩個地方，就可以把話說明白了。

首先，談日本的「御手洗」清潔吧！我一直堅持着一個想法：如果想知道某個地方的人是不是清潔，在大廳或顯眼的地方是找不到真相的，但最騙不了人的地方是廁所，只消跑進去一次，多少能有些端倪。日本，廁所叫做「御手洗」，裏面的清潔，可以稱得上第一等了，大旅店的私家廁所，我們不必說，就看小鄉鎮和公路旁的公廁，竟然保持得連異味也沒一絲，那實在不簡單。在公廁裏，我看不見有管理或潔淨人員，它的清潔大概還是靠每個用廁所的人的力量。正因如此，凡我們這羣香港客到過的廁所，就顯得面目全非了。每次，我看見有些隊友把人家原來乾淨的廁所弄得一塌糊塗，就感到「中國人」這名字受了一次屈辱。在香港，這些事情根本算不上什麼，但在外國，一點點小事或漫不經意的毛病積聚起來，人家便會把它當作全民的印象，「有辱國體」的罪名是推不掉的，怎可以忽略呢？但同隊的人總有一把年紀，難道能板起面孔教訓他們怎樣保持廁所清潔麼？有一次，在「伊勢旅店」裏，委實弄得太不像樣，兩個與我有同感的隊友，只好在午夜後，偷偷跑進廁所去替人家地方清潔一番——做這件事，不是為了同隊的人，只為了「中國人」這個名字！回到香港，每看見不潔廁所的恐怖景象，就不由得不想起日本來了。

但，日本不講究衞生的事也有的是，最叫人吃不消的恐怕是泡大浴池的風俗。他們叫洗澡作「風呂」，所有國民宿舍都採大浴場制度，近年來已經十分文明，把男女界劃分清楚，可是，一個丁方不足十呎的淺水池，無數人浸在裏面淋淋洗洗，想想水的「內涵」，就要發抖，更不用說要自己身歷其境也浸上一份時的滋味了。愈向南行，天氣愈熱，而卻又天天住國民宿舍，洗澡便成為我們最頭痛的問題。最初我們曾鼓了最大勇氣跑進浴場，準備穿上泳衣，披了大毛巾作個「游泳式」沐浴，但一進去，煙霧迷濛裏，全是赤條條的老老少少，瞪着穿上衣服的我們，就像看怪物似的，到頭來，是自己感到不好意思，慌忙跑了出來，終於，只有等晚上十一時，浴室關閉後，再偷偷溜進人家洗衣服的地方，用自來水作「象徵式」沐浴。如果連這份膽量也沒有，就有人創下九天不洗澡的紀錄了。

儘管我們對這種沐浴方式膽戰心驚，日本人卻視為一天最高享受，而溫泉地帶的沐浴款式，更多姿多彩，於是，我們一羣外邦人就有了一次「風呂驚魂」的經驗。那天，到達別府溫泉保養地，宿舍的後園有八種不同的溫泉浴場，日本人往往乘三四個鐘頭汽車專程來洗澡的，而費用也不便宜。我們幾個膽小鬼當然不敢購票入場，但宿舍老闆卻說那是日本著名溫泉，不進去看看園庭風景，煞是可惜，便免費讓我們去開開眼界了。既然人家准許參觀，自然沒有什麼不方便的地方，我們就心安理得地進入後園。路過處果然庭園幽美，又各處標明什麼泉可以治風濕、皮膚病、關節炎，又有滾起泡泡的泥漿浴、水柱由上而下的水槌骨浴，我們正奇怪誰有膽量在那裏露天男女同浴，拐了個彎，只見跑在最前頭的朋友，像觸電似的跳起來，原來，沐浴完畢的男男女女，全集中在那場地上，散步、閒談，曬太陽、玩耍，簡直是個天體國，卻給我們誤闖了。那時候，紅了臉的倒是穿上衣服的我們，自從有過此次尷尬經驗，誰也不敢帶頭亂跑進情況不明的地區，而提起沐浴，我們就想趕快離開日本了。

《中國學生周報》一九七二年一月七日

小思說

問　日本人很喜歡乾淨，這是普遍人對他們的印象。

小思　我讀過許多清代日本人來中國的遊記，提到中國街道幾乎全部都有「臭氣薰天」四個字！真慘。「污穢」成為我們中國清代給予外國人最深刻的印象。但是我也讀了些日本古代史，原來早期的日本都是很骯髒的，市民還會隨街大小二便。那大概是明治維新（十九世紀六十至九十年代）以前的事。證明惡習是可以改過的。

問　日本風呂對現在的中國人來說，還會是一種衝擊吧？我們不習慣大眾同浴。

小思　對的，這個是屬於民俗問題，風俗習慣不同而已，不算什麼衝擊。當年我們沒有像今天那麼多日本旅遊資料，不知道日本人習慣「同浴」，甚至男女同浴，沒有心理準備，才會大驚小怪。

問　現在都有不少中國人是這樣想的。因為有時去日本，都會見到一些中國人去浸溫泉的時候要穿衣服，不肯脫……

小思　這樣是很糟的，這就弄髒了人家的地方。你打破了人家的習慣，是不對的。要入鄉隨俗嘛！

終篇

旅行回來，碰見朋友、學生，總會聽見他們問：「好玩麼？」我又總會有點遲疑，含糊地回答：「還算不錯哩！」事實上，我不明白他們所指的「玩」是什麼定義。假如，是指到外邊去跑跑，散散心，消解一年工作的困頓；又從旅遊中，看到許多新鮮的見聞，增長了知識，那我可以肯定，是十分十分「好玩」——因為，不一定要去日本，就是只要離開自己原來的生活圈，跑去外一步看看，也必會使自己的眼界開廣，何況，到了一個風俗習慣完全不同的國家呢！但如果是說放開心懷，沒有思慮地沉醉在度假中，那就不見得了，或許，我到夏威夷、瑞士、法國去，可以有這種心情，但到日本去，便不可能。那國家跟中國的關係太深，刻刻要叫人想起中國，而它在近二百年來，又不斷地侵擾我們，看看它，不難產生疑問：「一個如此小小國家，哪裏來了這樣巨大的威脅力？」例如：我跑去看明治維新的史跡館——

明治邨，就不禁問：「他們利用什麼力量可以把整個舊面貌一翻，完全接納了另一套思想，而又可以如此徹底的？」繼而又會想到清代的維新，為什麼總落得個不湯不水收場？歷史和比較，往往橫亘在腦海中，這就不夠輕鬆了。

不過，我並沒有後悔，因為「學習」是必須付出代價的，反正，我倒還未到了只求輕鬆的退休旅遊期。《日影行》要終結了，它絕不是本好遊記，因為通過它，不會看見許多日本名勝記述，卻充滿了個人主觀的描述，但，這個影，實在太值得叫我努力去尋求它的真貌，也希望有人能告訴我有關它的更多資料。

《中國學生周報》一九七二年一月十四日

小思說

問　《日影行》所寫的旅程距離現在都有四十多年了，老師現在再看，會不會有些地方想修訂一下？

小思　那是我第一次到日本旅行。對日本的認識，除了香港淪陷於日本人手中三年零八個月的童年淺薄記憶，再加點書本中獲得皮毛文字知識外，其餘可說一無所知。現在的人就算第一次去，未去之前已經可以在旅遊書、電視旅遊節目、網頁上，找到豐富資料。但那時候日本實在是怎樣的？我腦海中一片空白。所以那種初遇的陌生感，產生種種的驚訝，完成出於無知。

此外，我還帶着濃厚的中國文化、民族意識，進入一個從我國文化汲取過養分的國家去，那裏又保留了唐代的某些文化痕跡，很多景象會立刻勾起我在讀過的歷史、詩詞中的家國之感來。但當這種感覺一出現，我就醒覺：啊！

這裏不是我的國家呀！這是曾經侵略過我國的敵國，於是立刻又充滿敵意。這種幼稚而複雜的情緒，令我往往用矛盾而不平衡的視角去看人家，反應變得很古怪。

往後的日子，我陸陸續續看了很多文獻，看了很多歷史紀錄，加上一九七三年我遊學京都一年，比較能成熟觀察與分析，那就不再是一九七一年我去日本回來後，寫《日影行》的那種浮面感覺了。

《日影行》的反應，雖然很幼稚，現在再重看，卻發現很純粹地紀錄了一個中國人應有的感覺。可以說是我理解中日關係的思想雛型。不過如果只停留在這個雛型上面，對日本的理解是有錯誤的，不足夠的。我願意努力、客觀地去搜尋文獻資料，去理解中日兩個國家的恩怨，反省自己民族的缺點。

再談日本

日人眼中的中國人

在《東西風》的創刊號上，司馬長風先生（1920－1980）對日本的民族性，作了很中肯的分析。面臨一個對自己有野心的「鄰人」，知己知彼，是十分重要的事。我們看人家是如此，那麼，在別人眼中的我們又是如何呢？近來，我讀到的都是遠在三十多年前的資料了。但，我想，一個民族的個性，不會在短短的三四十年間，改變得太多的罷？反正有些過分主觀的論點，或帶有不懷好意的政治態度的意見，我們總可以撿拾出來看看的。

例如魯迅的老朋友——日本人內山完造（1885－1959）在《一個日本人的中國觀》中，對中國人就過於「客氣」，因此魯迅在序中說：「有多說中國人的優點的傾向，這是和我的意見相反的。」我弄不清楚他是說反話還是真話，因為內山對我國苦力在工作時偷懶，也說成是一種「勞資協調」。

又例如組織探險隊，作最有計劃發掘我國西域文物，直至現在從日本博物館或寺院中，仍可見到他從我國敦煌一帶「掘」到的文物的日本人——大谷光瑞，也曾為文說：「我從來不把支那稱為中華民國，而呼之為中華匪國，因為在那裏全部都是強盜，所謂官匪、政匪、軍匪、學匪、共產匪、盜匪等，僅名義上的不同，而實在都與盜匪無異。」那又未免是過火的侮辱了。

我們且看一九二九年，章克標（1900－2007）在《中國人性情的正反面》一文中，所採譯日本人對我國民族性的評論吧！

（一）和平與殘忍。（二）執着與達觀。（三）重體面但先要實惠。（四）守舊又是喜新。（五）附強凌弱。（六）權利上的團結鞏固。（七）個人主義。（八）不保存古物。（九）無理解而附和雷同。（十）謙恭而又強橫。（十一）悠悠不迫的態度。（十二）疑心最重。（十三）耐勞苦。（十四）缺乏公德心。（十五）獨立心與依賴性。

很可惜的是作者沒有把每項的說明也抄下來，不過，從這些綱要，大概也可以猜出原作者會舉些什麼例子，和怎樣說明的了。

外人的看法未必一定對，因為仍恐怕他的觀點是從一小撮人身上得來，但只要中國人中就真的有那麼一小撮人，那還是值得我們注意和檢討的。

也許，我們也不必嚴重得拿了這些觀點，隨處去檢討別人。自我反省或讀歷史時，順手撿些例證配配看，想倒可以找出多少端倪。

《明報》一九七三年三月八日

日本，那很多別民族文化的地方

劉健威：

來了日本快一個月，也算安頓下來，只是實在不習慣寒冷天氣，（京都是個盆地，寒氣自地下升起，有徹骨的感覺！）我有點半冬眠的狀態。不過，我很快便被京都大學的人文科學研究所及東洋文獻中心的圖書館吸引住了，裏頭藏的漢籍又多又精，加上日本人擅長寫索引工夫，便一下子把本來很雜亂的中國書籍及「學問」做好了分類索引，讓你一目了然。面對人家這些工夫，我就奇怪，中國二千年三千年的文化，居然能在毫無理整之下，一代傳一代的傳下來，那必須是「有閒」階級才可以如此花時間去看。但用索引工具書，則省時省力了。因此，我現在盡可能找多漢字的工具書，以便帶回香港應用。本來，我是想找些唐代文學反映社會狀態資料的，但來了以後，一看圖書目錄，竟有許多只聽過名字，但從未看過的新文學作品，雜誌刊物，大概由於這些是很近的資料，有些又直接影響了現代，（例如《新青年》）有些又可真實地反映了二三十年代的中國情況，（我再不信「官修」的現代史了！）於是，我下定決心，一一把它們看完，把有用的資料分類抄下，做了閱讀筆記，又影印了一些原本，如此，我便不是做什麼人家期望的「大學問」了，只是「抄東西」，但我實在萬分興奮，一方面，我真的知道了許多歷史書沒有告訴我們的事情，另一方面，將來也可把那些東西帶回來，給跟我一般只聽過名字而沒看過的朋友看看，分享一下我目前的興奮。例如目前，我便影印了民國二十五年二十六年的《宇宙風》，其中有《北平一顧》及《日本及日本人》特輯，也有盧溝橋七七事變，北京淪陷後的第一篇文章……。

啊！我説得太多了，得答答你的問題，首先説日本生活罷，目前我的接觸面很狹窄，主要是因為我不懂日語，另一方面是住了女子宿舍，這兒有三個台灣來的學生，一個美國人，一個韓國人，一個緬甸人，其餘便是日本女孩子，而這裏的日本女孩子所給我的印象是「淺薄無知」，還有許多事情看在眼內，回來，恐怕要把《日影行》改寫才好！生活程度之高也使我大吃一驚，舉個例子說，坐電車巴士，一上車便要港幣八角，但就快還要加價20%－30%了呢！不過，在市中心商業區，我總見每間店子門口都寫了「急募職員」的招牌，因此我勸你，首先在香港努力下工夫學好日語，（到日本文化館處學）如此可助你找工作及了解日本。然後，我替你問問日本的語言學校，你就來讀語言學校，然後才慢慢考進正式學校去，要了解日本，像我這樣子是不成的，必須留在日本三年以上，跟他們一起生活才行。你年輕，也有觀察能力，好好趕快用功，中國實在需要青年有勁的一輩去做這件事。還有，必須積一點錢，來日的頭三個月的生活費必須解決。而且，你必須跟中、大學生青年人混在一起，才易明白日本的未來及現況。（我認為影響日本未來的是中、大學生，體驗農民的「革命清苦主義」是有意義的，但了解日本青年一輩更是當前急務，他們才是影響日本走上什麼一條道路的主力！）

如果《青年先鋒》復刊，能不能轉載一些三十年代的文章？稿我是不寫了，但如要那些反映時代的舊文，倒可寄給你。

為了趕着付郵，下次再給你長信。

小思　七三年二月四日

（請多來信告訴我香港近況）

《中國學生周報》一九七三年三月十六日

小思說

問　老師那時去日本，是不是有點像去「工作假期」那樣的形式？

小思　不是的，我那次不是去工作，是遊學。工作要在那裏賺錢、要做事的。我只在京都大學人文科學研究所讀書，大部分時間局限在圖書館裏，偶然也會跟不同國籍的文化人交流一下而已。如果是工作假期，就多在一般民間活動，可以看到一些我看不到的人與事。

上面那封信，是寫給青年朋友劉健威的（今天著名的食評家、藝評人），因為當時他也很想到日本讀書和看看，那時代還沒有「工作假期」形式，我才想到叫他用半工讀方法去日本。

問　老師鼓勵年輕人應用什麼態度去旅行？

小思　無論留學、工作假期、旅遊，到了外地，多接觸外界，多理解別人別地，添了知識，增了經驗，總有好處，這才會擴闊視野。如果去旅行純粹只求癲癲地去「玩轉」人家的地方，對去的地方沒有觀察、分析、理解的話，這種旅行態度，去了等於沒去。

老的準備

「老」本來不是罪過，但明明白白它又的確使許多人受罪。在青年人眼中，「老」是嘮叨、頑固、專門挑剔、不可理喻、礙手礙腳的代名詞。身邊如果有個老人家，是天大的麻煩。

最近，日本有一個青年意見調查，其中竟有百分之九十以上的人，不贊成婚後與父母同住在一起。在日本，女孩子找結婚對象，有句流行的話，就是：「要汽車，要屋子，就單單不要老媽子。」他們也故意把居處做成很小的單位，號稱為「我們自己的家」，意思是不容納上一輩的人。

青年人如此離棄老年人，老年人又因生理、心理都有了變化而不自覺，於是，便形成了晚景淒涼。日本女作家有吉佐和子（1931－1984）的作品：《恍惚的人》，對於老人的悲慘，有很深切的描寫。最近這小說拍成電影，十分賣座。而著名演員森繁久彌簡直是千千萬萬老人的化身。據說這電影惹了無數老人的眼淚。

在一次電視訪問節目中，有人問森繁久彌演了這電影有什麼感想。這個也快六十歲的演員如此答道：「我只想在此，向四十歲的人提議，趕快做好老的準備工夫。我——快六十歲了，才發現這工夫的重要，也許太遲了點，但總不希望別人像我一般遲了。什麼是老的準備工夫？就是開始培養自己一些嗜好，看書、種花、養小動物……任何一樣都好，等退休了，那就是你的世界。老年人愛挑剔青年人，是因為太閒了，又沒有自己的世界，卻硬擠在青年人世界裏，算是代溝吧！便對青年人樣樣看不順眼，而青年人也沒辦法了解老人的心境，於是老的悲劇便產生了。」

是的，日本社會制度及福利辦得好，老年人有養老金，有養老院的照拂，所以，還可以看書、養小動物、種花度其餘年。但，每次看見弓着背、牽着狗在街頭踱步的老婦；在屋前小苑負着手看自己種的花的老人，就總覺得「老的準備工夫」是做足了，可是，依然帶着一股濃濃的寂寞——一種欠缺人與人之間感情溝通的寂寞。

由此，再想到：在一個福利制度不健全的社會裏，老的準備工夫，恐怕不是看書種花的閒情，而是要練就一副硬骨頭，以便討生活直到兩腿一伸的日子。只是奇怪，除非夭折，否則，人人都會老，但年青的卻如此嫌棄老人，這真是社會上的一種悲劇。

《明報》一九七三年五月十日

在電視中看到的——陳美齡哭了

宿舍的大廳有座電視機。一到晚上，房中沒有私家電視機的人，總愛坐在那兒「泡」。我倒不大「泡」的，因為她們多是在「追看」電視片集，一個晚上就只看幾個片集，未免太浪費時間了，可是，凡有特輯或特訪，我卻永不錯過。所以，我可以看到《中國西北邊疆特輯》、《現代中國版畫特輯》、《河南地區解放軍新人訓練》、《猶太人的歷史悲劇與以色列復國》、《東德面貌》、《越南戰地孤兒》、《美國逃兵的生活》等等難忘的實錄。至於其他節目，多是人家熱心給我介紹，我也不妨趁趁熱鬧看而已。這些節目裏面，有令我開心的，也有令我難過的。現在讓我說一宗吧！

陳美齡「相睇」

那天，頭等電視迷跑來對我說：「喂！別錯過，你們的 Agunesu Chan 今晚上電視啊！」誰是什麼 Chan？還說是「我們的」？搞得一頭霧水，才弄清楚原來是陳美齡。啊！香港來的陳美齡，彷彿來了一個熟人，加上她一向給我的印象是乖乖的、純純的，抱着結他柔柔唱着民歌，偶然，側一側頭，甜笑一下的女孩。當然，不會錯過。準時，我已經在電視機前坐定了。那個節目叫做 Love Love Show。每次，由兩個年齡差不多的歌星或藝員，扮作一對。有點像廣東人口中的「相睇」，男方的家長，往日的老師等人都出席，向女方的家長陳述男孩子怎樣怎樣好，小時候又怎樣怎樣。然後女方家長也說一番，而男女孩子又分別唱幾首歌，最後，便由雙方家長同意他們「成對」了，節目也就完結。

那晚，跟美齡配的是個很受女孩子歡迎的歌星野口五郎，也是乖乖模樣。看他們一對，十六歲、十七歲，還帶着稚氣的羞笑，真看得人滿心歡喜。等男方家長咕哩咕哩說了一大堆話後，該是女方家長說話了。也許，陪美齡出席的依齡沒法作主，電視台安排了給在香港的陳媽媽一個長途電話。

我係尾尾呀！

美齡拿起電話：「喂！媽咪，我係尾尾呀！」嘩，廣東話！在日本電視中，我聽到廣東話！「廣東話！」我拚命指住電視機叫。開心得七顛八倒的我，在同宿舍的人眼中，一定有點失去常態，因為她們都在莫名其妙瞪着眼。「喂！媽咪，您好嗎？……我好好。我而家做緊電視節目呀！佢哋介紹個男仔俾我識，問您好唔好。……嘩！依家佢同您講嘢呀！」只見野口五郎傻傻的接過電話，不知如何是好，尷尬地對着美齡笑笑，終於擠出句寒暄的日本話，便趕快把電話交回美齡。美齡甜甜的笑了笑：「媽咪，您唔好收線，我唱支歌俾您聽呀吓！」於是，音樂響起，美齡唱歌了。……「媽媽，媽媽，我將獻給您如同您給我的一樣……。」對不起，那是首英文歌，不知道是不是這樣譯，因為一方面我聽不大清楚，另一方面我早給閃在美齡眼中的淚光慘得亂了心神。歌唱完了，再拿起電話，只說了一句「媽咪」，她已經哭得說不出別的話來。

幫我多謝各人

我們卻聽見遙遙從香港傳來她媽媽的聲音：「幫我多謝各人，你要俾心機做呀！知道嗎？」美齡緊緊咬住下唇，想是要忍住不哭出聲音來，但淚實在沒法子忍了，最後，她哭得連鏡頭也不敢擺向她，轉到主持人身上去。由於這突如其來的場面，使主持人有點意外，而坐在電視機旁的我們，也由嘻嘻哈哈變得沉默了。等鏡頭再向住她時，不知誰給她一條手帕，淚還沒有來得及擦乾，又要帶着笑唱另一首歌。

唉！假如，你今年十六歲；假如，你剛中學畢業；假如，你剛離開學校，又跑到遠遠的地方來，過着一些與學校生活截然不同的另一種生活；假如，第一次你離開了媽，又再聽到媽的聲音，還有許多許多我沒說出來的假如，我想，你定會哭得比美齡更慘。美齡能幹，可以立刻止了淚便唱歌，但正因如此，才叫人看得更心痛。

俾心機做呀！

現在，美齡在日本很紅，天天可以聽到她唱的《麗春花》，也常常見到她在電視上表演，大概也磨煉得不再易哭了。但我只想知道，當她媽媽說：「俾心機做呀」時，這個哭得淒涼的乖女孩，心中正在想些什麼。

《明報周刊》一九七三年五月十三日

在電視中看到的——
陳美齡哭了
小思

原刊於《明報周刊》

小思說

問　一九七三年，陳美齡當時是十八歲。她那時在日本拿了獎，唱歌也很受歡迎。老師會不會有一種在異鄉見到同是香港人的親切感呢？

小思　當然有啦！我一向沒寫過流行歌星的。離開香港快半年，很久沒聽沒講廣東話，忽然，一個熟悉的面孔在NHK這個日本電視台講廣東話，你想想，怎不勾起濃烈鄉情呢？忍不住就寫了這篇文章。當時我是帶着「他鄉遇故知」的情感去寫。相信這是香港唯一一篇很早直擊報導陳美齡在日本電視表演的文字了。

漫畫世界

日本是一個漫畫十分流行的國家，除了報紙刊物有漫畫外，其他漫畫單行本、漫畫周刊、漫畫讀本、漫畫小説等等，種類之多，實在令人驚訝。青年人、小孩子看得入迷的為數不少。內容方面有政治性、社會性、神怪的、黃色的……而神怪的多是電視上受兒童歡迎的片集，黃色的則其黃色程度令人不忍卒睹。

由於漫畫在日本受歡迎，漫畫家便連帶吃香起來了。著名的漫畫家聯合組成一個「漫畫集團」，成員包括了橫山隆一、橫山泰三、秋龍山、小島功、井崎一夫等人，已有四十年歷史。今年是該團四十周年紀念，開了一個作品展，會場中的展品不多，可是每幅作品的售價，卻高得令人吃驚，例如小島功的一幅「燈下」，只寫了一個裸女在燈下，我倒看不出好處在哪裏，但售價是七萬日圓（約合港幣一千三百元）。在這場合中，還設有一個即買部，這才看得出日本漫畫界的聲勢，因為在那兒陳列了所有漫畫集、單行本。其中最惹人注目的是由筑摩書房出版的兩大套《現代漫畫》：第一期包括了十五大冊，第二期十二大冊。每期均包括了著名作家的專集：《漫畫戰後史》、《兒童漫畫傑作集》、《前衛漫畫傑作集》等。每冊三百多頁，精裝，其堂皇程度不下於各文學大系或某些作家全集，相信擺在書櫃中，比許多名著顯得更神氣。其他大大小小的單行本，連環圖式的小冊子，還有小小一本的漫畫詩集，真是洋洋大觀，價錢雖不太便宜，但購買的人很多。還有一個小攤是賣印有漫畫的手帕、筆袋、毛巾、小襟章等玩意的。從這個情況，大概已可推想日本漫畫家的收入了。其實，好的漫畫最能反映社會狀態，有時比文字更來得有力，深入民間起的作用更大，而同時也可成為最好的歷史紀錄。手邊有一本美術同人社出版，清水勳編著的《太平洋戰爭期之漫畫》，裏面全是日本發動太平洋戰爭後，日本人的心態及民間生活反映，也可見當時日本的戰意高昂。例如其中一幅「一億宮本武藏」，畫一個左手持建設之椎，右手持戰爭之劍的武士對抗着中美英三把劍（其中代表中國的那把劍還是斷了的）。可見日本對敵人的輕視和自信。

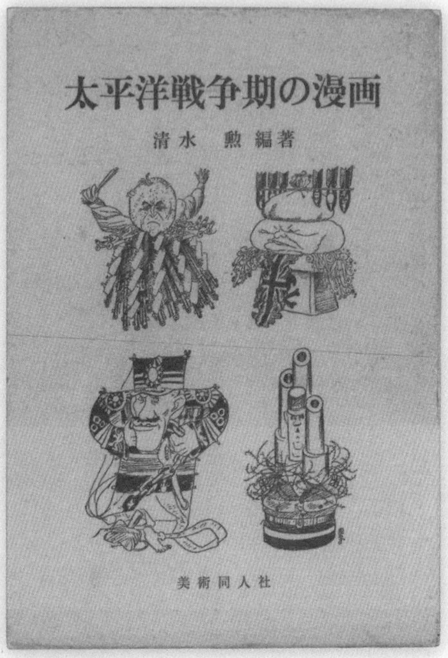

清水勳編著《太平洋戰爭期之漫畫》（美術同人社，一九七一年）

西塔子郎繪「一億宮本武藏」（一九四三年）。宮本武藏是日本有名的劍術家、歷史英雄人物。

在看日本「漫畫集團」作品展時，想到香港漫畫界曾有過一個漫畫展覽，只是近年來卻不見繼續舉辦；也有作者出過單行本，只是不大受人注意。在此希望漫畫界繼續努力，因為好的漫畫的價值是肯定的。

《明報》一九七三年六月十三日

小思說

問　老師看漫畫的時候，主要看些關於歷史、文化的漫畫嗎？

小思　我從小到大，都喜歡看漫畫。內地、香港的漫畫都會看。豐子愷是我最喜歡的中國漫畫家。小時候先看香港通俗漫畫，李凡夫的《何老大》、《大官》，李凌翰為歐陽天小說畫的《孤雛淚》、《阿牛新傳》等等，是我未入學前的「知識」來源。可是，母親不大准我看，認為漫畫「不正經」。到了日本，發現地鐵、巴士上幾乎人人都拿着漫畫看。後來我才知道漫畫是日本人重要的閱讀品，真可稱「漫畫之國」。無數作品影響着日本人的思想與生活，要理解日本歷史、民族、文化，漫畫是個方便的切入點。

關於漫畫家和漫畫史的藏書

寂寞的門神關帝

潮濕翳熱的京都八月，為了保護古物，照例大大小小的博物館或展覽，都會在半休館或休止的狀態。今年卻例外的熱鬧，因為中國出土文物展，到了京都舉行，四方八面的人，都湧到京都來看，做成一股熱潮。但，在這裏，我願意向你們敍述一個遠離京都市中心，不大為人注意，冷冷清清開在伏見桃山城快三個月的「中國近代民俗版畫展」。

雖然，伏見桃山城是豐臣秀吉晚年創建及所居的地方，又稱是洛南史跡，但實際上，它目前的建築，是九年前才重建起來的，比起京都奈良的許多幾百年古跡，實在算不了什麼。日本人也只當它是遊樂場般去逛，如果不是今次在天守閣的展覽內容吸引我，也絕不會坐了電動火車，下了車又要走差不多二十分鐘上山的路去訪它。

這次展會是由日本體育新聞社及新關西新聞社主催，但宣傳並不用力，因為我只在《京都新聞》的展覽消息欄看過一小則報導，和一家古老書店門外看到一張簡單標貼外，沒有注意還有什麼地方提及。因此，對於它的展品內容也一無所知，而要用看中國出土文物展的同等票價去看，（五塊錢港幣。出土文物展一般入場券是八元，但學生預售券也只不過五元而已。）心裏未免有點「冒險」的感覺。

本來已經幽冷的天守閣內，高大的玻璃櫥子裏透出柔柔的燈光，由於沒有幾個人，就更顯得空洞寂寞了。在進門處掛着一個簡單的說明，看了就使我安心而又興奮，因為第一：展品都是由京都大學文學部內的「內田文庫」所藏，表示該不是不三不四的充數東西。第二：展品是以清初南方年畫中心——蘇州桃花塢畫舖印行的年畫為主。蘇州桃花塢年畫，就是著名的「姑蘇版」，與北方天津的「楊柳青」，同是我國年畫雙璧。根據李平凡的《日本浮世繪木刻概說》一文說，這種「姑蘇版」年畫經貿易關係流入日本長崎，又轉到江戶，成了日本的「浮繪」範本。日本人民也視作珍品，把它裱裝起來，故現存日本的明宋清初蘇州版年畫很多，而在我國，卻因太平天國時的一場大火，便蕩然無存。（但據阿英的《中國年畫史略》說，已陸續發現了一百零五種。）在記憶中，也好像只看過楊柳青年畫，想不到，在異國，竟然看到來自祖國古老民間的心血，靜靜躺在幽冷的玻璃櫥子裏，發出又親切但卻又陌生的光輝。

年畫的內容性質，可以分為兩大類，一類是辟邪賜福的神像，一類是新年吉慶故事戲文。今次的展品卻以前者為最多。

彩色套版印成的十多幅財神夫妻和關帝圖佔了偌大的兩個玻璃櫥子。同一幅畫中，上面是威武的關帝，下面兩旁卻分列了圓面厚福的財神夫妻，有些財神夫妻居然穿着清裝，算我孤陋，就從沒見過這類形式的年畫。五彩斑斕卻缺少濃淡深淺暈渲的門神，面目猙獰的鐘馗圖、胖娃娃構成的「官上加官」、「日進斗金」、「大富大貴」、「和合二仙」、「慶賀萬年」，倒充滿熟悉濃厚的鄉土氣息。

在第五個櫥子中，放了七幅「天地間諸神佛」立軸，其中六幅是套版彩色，一幅是十分精緻的白描。同一圖中，由上天的如來、釋迦，直至地府十殿，百多個神佛，每個都各具個性和面貌，其間也着實透露了民間心中的超然世界模樣。

在另兩個櫥子裏，擺着十多幅我從沒見過的「添丁圖」，從它們的精巧、粗疏，可以知道製作者的技術相差得很大，但內容卻完全一樣：圖中央，一個將軍正以箭射殺天上一隻飛狗，他身旁一個武裝小孩拿了戟刺殺地下一隻老虎，又有四個胖娃娃分別拿着「打出天狗去，引進子孫來」的條幅。相信這裏面正是一個南方民間流行的迷信傳説。

一個大櫥子中，擺了兩套，每套十多幅的諸神仙圖，包括了一切跟人民日常生活有關的「主宰」：「南海觀音」、「天地三界」、「眼光娘娘」、「關帝」、「財神」、「太上老君」、「門神」、「天后」、「護國廣彗王」、「南極本命」、「三太老爺」、「東廚司命」、「張仙老爺」、「火德真君」、「靈應藥王」、「魯班祖師」、「天地龍車」、「灶君夫婦」……清朝初年的「三太老爺」是誰？「眼光娘娘」幹什麼的？那實在，太陌生了。

再拐一個彎，三個大櫥子都是純樸人民在新年時的願望，充滿了天真和歡樂。

幾乎禿着頭，只留着丫角式小辮，眉目清秀的小孩子構成的「五路進財」、「五福臨門」、「日進斗金」、「麒麟送子」、「金文登榜」，就和常見的楊柳青年畫很相似。

一口氣看了十多幀子都是諸神佛和吉慶的年畫，突然看見兩幅藍底縷白的仕女條幅，不禁有眼前一亮的感覺。那單色印刷、線條精緻、大力刻劃背景，人物成為點綴的畫面，分明就是受了歐洲銅版畫「線法畫」影響而成的木刻作品。一幅是「婦人追蝶圖」，一幅是「讀書圖」。但過於簡單的說明使我不滿意，因為「說明」上寫「讀書圖」的一幅，畫的題款分明是「我就是個多愁多病的身，你就是個傾城傾國的貌」，圖中也分明畫了黛玉寶玉偷讀西廂的場面。這和明明是揮春，「說明」卡上卻寫成「春聯」一般的錯誤。

最後兩個幀子是清初清真教的一年行事和符咒木刻，缺乏說明，我完全看不懂。

兩個多鐘頭過去，雖然沒看到「姑蘇版」全盛時期的故事戲文類和風景花果類的木刻作品，但能看到些從沒看過的純真民俗畫，已經十分滿足。只可惜，沒帶閃光燈，無法把那些展品一一拍攝下來。而那冷寂的展覽場，連一向展會必具的場刊、說明書、展品複製品都沒有。（在日本，較大型的展覽會，必有出售場刊、說明書、展會海報、展品甫士卡的攤檔，參觀的人也必大量購買。）出得門來，看見一張印了五彩門神的宣傳海報，貼在牆上，實在太想把它帶回中國人的社會裏。於是跑到管理處，向管理人說我想買下那海報，但管理人說不賣的。大概我失望的表情，和難得有個中國人去參觀，使他終於把壁上的海報除下來，包好送了給我。

現在展覽會完了，相信那些原屬熱鬧中國民間的門神、財神、關帝……已經由冷寂的桃山城天守閣，搬回冷寂的文庫裏，遠遠的離開中國民間，永遠冷寂。

《中國學生周報》一九七三年十月五日

從一個展覽說起

八九月間，一個光芒四射的出土文物展正在京都舉行。在會場裏，處於日本人讚歎訝異聲音目光中，自然感到國家文化帶來的陣陣榮耀，但現在要敍述的，是另一個與中國有關，卻令人啼笑皆非的展覽。

那是九月，由京都織物卸商業組合主催，在京都產業會館舉行的「世界民族衣裳及和服史之採訪」展。展品內容可分為三大部分：和服歷史、中國衣裳歷史、世界各民族的衣裳。

進得門來，看見一個日本女孩穿了件桃紅色、十分不稱身、顯得過於寬大的中國旗袍，和另一個美國女孩光着腳扮印度婦女，站在門首派入場券，我就感到有點兒「凶多吉少」的味道。

第一部分，和服歷史是講究而精彩的，介紹了每個時代，各種不同身分職業的女性服裝。例如平安時代、室町時代、江戶時代就有很大差異，漂染的與賣菜的又是如何不同。服裝穿在考究像真的模特兒身上，叫人大開眼界。

第二部分是中國衣裳，雖然展出只有十二套，可是全室顯得七彩斑斕，金光閃閃，理由是製衣材料全是廉價的人做綢和閃亮的膠片。細看之下，十二個模特兒均有名堂，由周太伯到珍妃，都是歷史上響噹噹人物呢！可是，看見頭戴七彩塑膠珠冕旒的周太伯，穿着不像「龍袍」卻似跳加官的漢武帝，頂着一頂清宮帽而穿得肉感的楊貴妃，打扮宛如毫不講究那種下鄉班粵戲裏的「女兵」的梁紅玉，頭上有一隻大金鳳的珍妃……十二個中國歷史人物都是足登革履或高跟鞋，而且藍眼睛高鼻子的洋人相，就不由不覺得這個玩笑開得太大。加上一般參觀者，也不是個個都對中國歷史有深切認識，那種初睹大國衣冠與信以為真的神情，更不禁叫我這個在場的中國人臉紅，趕緊去追尋禍首。據說明標貼上寫着是「中華民國國立大學季天民氏一九四七年製」。哪裏來的季天民？這種不負責的製品，算是拿來誑外國人的，還是自己出醜？第三部分是世界各民族的傳統服裝。在那兒，那件桃紅色寬大無比的旗袍重現一次，説明卻是「香港服」。阿里山姑娘所穿的説明卻是「台灣服」，這都表現了展會對日本以外的服裝的不求甚解態度。世界各地紛紛「中國熱」起來，同時當然也出現許多急就章的認識中國、介紹中國的產品。可是「熱」不是永恆的，終有退的一天。我們所需要的是沉潛而不朽的影響價值，這除了歷史文化、國家在國際的政治地位外，也得靠每一個在海外的中國人，所表現的一言一動，構成正確完整民族風格，點點滴滴、不知不覺中留到外國人的印象裏。外國興起來的「中國熱」不可靠，只能靠自己。

《明報》一九七三年十月十三日

小思說

問　這裏有好幾篇文章提到去看展覽，當中的展品多與中國有關的，但有些質素參差不齊。老師那時會特意選些什麼展覽去看嗎？

小思　那時剛好是「乒乓外交」之後，中日關係開始緩和及有了友好發展。有些不肖商人就借這機會造成一種熱潮，辦些展覽來推銷商品。所以呢，你剛才說得對的，那些所謂介紹中國文化、文物的展覽，很多都是質素參差不齊的，如果是中國政府自己辦的，就「安全」多了。我基本上分得出哪些是商人辦，哪些是政府辦。不過，我覺得樣樣都去看看，才知道差到什麼樣子，又好到什麼樣子，只有看過，有了觀察、比較才有發言權。

蟬白

過去的一年，是些不必數的日子。

放下原來的工作，離開熟習的環境，去休息一年。我常如此對人說。於是有人說唉你真奢侈，有人說啊你好快樂。沒一句反駁，因為在某個角度看去，都有道理。

在香港，往往有一股力量，不知不覺中使人很易安頓下來，然後令人長滿鏽，或者磨損得厲害。也許，有些人站得很穩，沒有鏽不磨損，但肯定的，我不是那種人！能夠停一停，檢查一下，加點油，相信總會有些補救希望。於是，我決定停一停，出去了。

選擇的地點是日本京都。第一個理由是當年答應了左舜生老師會找機會去了解一下日本，而三年前的《日影行》又竟如此的匆匆浮淺，就想清楚多看些。第二個理由是自己的英文差勁，自然不好去美加英澳，日本畢竟還用上些漢字，勉強總可應付得來。第三個理由是當年到過京都，只覺一山一水，花柳樓台，也帶唐風，不必拉上什麼中日文化，就是那股古意，就足夠吸引力叫我去住一年。加上，京都大學中文圖書豐富，定個題目，看一年書，雖然看不了多少，但總算了卻一樁心願。

人説道「夢中無歲月」。一年過去，不是夢中，可是它的陌生、奇異、豐富，使我來不及細細去數那些日子，就像一個孩提初睹多彩煙花的噴發，目眩心動之外，剎那間捕捉不到一點兒什麼。回來了，定定神，不算檢討，也着實該把一年所得的經驗整理收拾，作為「休息一年」的交代。

整理之後，首先，發現選擇日本京都的第一個理由是多麼荒謬！困處在一個城市一個小圈子裏，生活一年，竟想清楚多看些一個民族的面貌，如果不是無知就是唱高調。於是，剩下兩個理由——也不夠宏大，但我得承認。以後在這兒，我願意敍述一年來所遇到的事情，所見到的人物，所看過的書本，所興發的感觸，當一面鏡子，或一段紀錄片，再看看過去一年的自己。

沒有收入，用着僅有的積蓄，居然辭掉工作，嚷着休息，的確奢侈。在新的環境下，盡做自己愛做的事，不必擔上任何責任，的確快樂。但這樣的停一停，是不是真的找到了些補救長鏽磨損的辦法？我可沒法子下一個結論。不過，一定有了改變，這是我可以十分肯定的！

《中國學生周報》一九七四年四月二十日

廣州話

我是廣東人，從小在香港長大，自然可以説一口純正的廣州話。儘管有些學者説粵語保存了相當分量的古音，又説粵語語法帶了濃厚的中原古風，而我也天天説着廣州話，可是，從沒察覺它有什麼好處。反而，一陣子我曾埋怨粵音太重濁，説起來總不夠溫柔悦耳；一下子又因為自己的白話文寫得不好，也把罪過推到「自小講廣州話」的頭上去。

等到，在一個陌生的環境裏生活了一年，説廣州話的機會十分少，才忽然覺悟，它是那麼的可愛！記得有一回，在電視節目裏，聽到一兩句廣州話，我快樂得有點狂。又有一次在鬧市中，背後飄來些粵語對話，驀然回首，我竟想跟兩個完全不相識的人交談一下。給朋友寫信，就更情不自禁地滿紙廣州話。多少次為遇到由香港來的朋友，拚命説個不停，把嗓子也弄得沙啞了。這些情況，如果不是自己親歷，恐怕一輩子也沒法子了解。

大概由於想念廣州話，對於用廣東方言寫的文學作品，也就特別留意了。在舊書舖中，我買到一冊《俗話傾談》。那是日人魚返善雄依粵東省城十七甫五經樓藏板、同治九年秋刊的版本，加以校點重排，一九六四年在日本印行的。編選的人是邵彬儒（博陵紀棠先生），他用廣東話和文言混合寫成了十八篇短篇小說，分成初集二卷和二集二卷。內容全是講忠孝節義，因果報應的，例如「橫紋柴」、「七畝肥田」、「邱瓊山」、「瓜棚遇鬼」、「鬼怕孝心人」、「修整爛命」、「生魂遊地獄」都可以說是古老粵語片常見題材，可是，由於他寫對白才用上粵語，又往往夾入一大段一本正經的評論，使人看來有些讀《古今奇觀》的感覺。在作者自序中說：「善打鼓者多打鼓邊，善講古者須講別至。講到深奧，婦孺難知，惟以俗情俗語之說通之，而人皆易曉矣，且津津有味矣。誦讀之暇，採古事數則，有時說起，聽者忘疲。因付之梓人，以備世之好言趣致者。」難怪諷世的意味那麼濃厚了。

讀着同治年間的廣州話，又讀了三十年代歐陽山用白話文廣州話寫的小說《哀仔》，再跟七十年代香港式廣州話比較一下，它們的差異，是個很有趣的話題。

《星島日報》一九七四年五月三日

小思說

問　文中提到《俗話傾談》這本書可以在日本找得到，其實日本出版這麼多關於中國，甚至是關於廣東話的書，在當地有讀者嗎？

小思　日本出版很多中國文化、文學、歷史的研究專書，但這一本就不是魚返善雄寫的，而是他用廣東省版翻印出來的。日本人翻刻中國書籍以助研究的情況很常見，這就證明他們對中國的深究的態度，的確很認真。人家知道我們很多，我們就知道人家很少，也是最可怕的地方。

問　這篇文章還提到一些粵語用詞，老師可以舉一兩個來解釋一下嗎？

小思　這些是清代的廣府話，有些連香港人也未必會用。譬如書裏提到的「橫紋柴」，香港人叫「扭紋柴」，還有「扭紋新抱」之類的，是舊粵語片裏常有的題材。

問　日本人對我們研究得這麼仔細嗎？

小思　日本人研究事物態度，一向以認真、細緻見稱。研究中國，當然不例外。那一年我在京都全責研究中國書刊的朋友書店裏，見到一本成吋厚的書，竟是研究香港黃大仙簽卦文的。又例如一九九七年出版的《大圖解九龍城》，對九龍城寨內容，蒐集資料之詳盡、繪圖之精細，簡直難令香港人相信。人家就什麼細節都研究，這是很重要的，日本人真的很厲害，用「讓資料說話」，就是這樣有效了。

二〇〇二年再訪朋友書店

書的故事

請別責怪，許是我見識少，覺得京都大學很大，因為我只見過香港的兩間大學，台灣的台灣大、東海、成功、輔仁幾家大學。根據京大圖書館指南小冊子的記載，全校共有圖書室七十四所。一年裏，我只去過本部的文學、哲學、史學三所，和獨立在北白川旁的人文科學研究所圖書館，所以能知道的，也只在這範圍內的情況。

說起來，香港兩間大學的圖書館真夠氣派：建築豪華、設備完善。從這些看，京大文哲圖書館就寒酸得可以：走完一條木板會吱吱作響的樓梯；看盡了灰水剝落得差不多、轉角處往往舞着蜘蛛網的牆壁，它就藏在那小灰木門後面。閱覽處幾張木桌子，四個人共用一張，就很容易把對方的書簿推到地上去。再進去就是那個冬天冷得人直發抖、夏天悶熱得人昏迷的書庫了。別談裏面的洋書和日文書，也別數普通一般中國書的數目，看看屬於它的幾個漢籍特別文庫吧！「鈴木文庫」——鈴木虎雄舊藏漢籍一四〇二五冊。「今西文庫」——今西龍舊藏漢籍四三三六冊。「狩野文庫」——狩野直喜所藏宋元明善本書三六一五冊。站到裏面去，就覺文采眩目，而外貌的破落，原只是個小小玩笑罷了！

人文科學研究所的建築物，有點像外國教堂，地下除了一個陰沉古老大客廳外，其餘是教授研究室。閱覽室在二樓，也是小得可憐。一兩個人走過便足令地板震動，可是成天都有許多人來來往往，加上隔壁辦事處的電話聲人聲，就奇怪似乎沒有人對這些抱怨過。書庫是閉架式，但那編排詳盡的目錄，足夠看上一個星期。裏面藏書以宋元明清文集最多，近代中國雜誌期刊也不少。最值得注意的當然是屬於它的幾個文庫了：「村本文庫」——前大阪朝日新聞的中國特派員村本英秀，為了怕戰火破損書籍，私人收購了八四〇七冊漢籍，運返日本去收藏。「中江文庫」——中江兆民、中江丑吉父子所藏漢籍六八三六冊。「內藤文庫」——內藤虎次郎所藏有關滿蒙、清末漢籍一〇四六冊。「松本文庫」——人文科學研究所第二任所長松本文三郎所藏有關佛教、美術、考古漢籍萬多冊。「矢野文庫」——矢野仁一所藏民國以後出版書籍六九七冊。

也許，有人會覺得上面那些資料、數字很枯燥，可是，想想那麼多學者願意將私人藏書獻給圖書館、一個報社特派員居然可以私人力量收購了八千多冊中國珍貴書籍，運回日本去，那就覺得不簡單了！何況，除卻京大以外，還有天理大學、東京大學、東洋文庫等等藏中國書著名的地方沒算在內呢！

這是個不好聽的故事，但卻很真實！

《中國學生周報》一九七四年五月五日

京都北白川旁，住了許多有名的學者。也許，三十多年前的北白川，是很有風采的。否則，《正倉院考古記》、《東瀛觀書記》的作者傅芸子，不會在它旁邊住上一些日子，便十分着迷，除了寫文章描述一番外，還把自己一本著作題名《白川集》來作紀念。現在的北白川，只剩下一道小水溝罷了，倒是它的四周，還有不少可賞的雅景。例如春天裏，遊人可以到落櫻如雨中漫步的「哲學之道」；落日時分另有蒼茫之感的吉田山。說起吉田山，那就是清末民初王國維埋頭苦讀的地方，後來，他再搬到遠一點的、以紅楓著名的永觀堂去，就因此為自己取了「觀堂」的別號。靜靜地在那附近踱步，自然感到它的確有股靈秀之氣。

在北白川許多日式房屋當中，京大人文科學研究所的建築式樣，顯得十分不協調。古老洋式還加個尖塔的面貌，總叫人有它是放錯了地方的感覺。當推開那厚笨玻璃大門進去後，就是個永遠陰沉、「鬼古式」的大廳。午飯後，人都在裏面休息，我卻寧願蹲在外邊天階草地上看鴿子，站在荷池看游魚，也不會坐在那些恐怖大梳化椅子上。天階兩旁，該算是全個研究所的活動核心了，因為教授的研究室都在那兒。每個房間總是堆滿書——大木架大木架的書，有時把人遮住了。教授多埋首在凌亂不堪、古老得全褪了色的大木書桌前，做他們的學問工夫。此外，還有由教授研修員共同組成的研究小組：「辛亥革命」、「五四運動」、「漢書」、「洛陽伽藍記」、「中國共產黨」、「佛經」……一看名稱，全跟中國有關的——其實，人文科學研究所就是個研究中國的重心，我看不到裏面的人，有誰是研究別國學問的。小組會開得密，報告寫得勤，收獲很受重視。另外，由於研究費充足，還可以請來助手，做些不是學問工夫的工夫——抄資料

雪後天階荷池旁

卡、做目錄做索引。這些東西一完成，就給其他學者無數方便，也節省了時間。人家有系統的做，龐大的做，奇怪是我們香港某些學府，自己既不做，連用錢購置一套好書來方便眾生也不做，真不知道作何打算！

好了，別只顧生氣把話題拖遠，再說那些教授吧！在研究所的教授，都是研究中國學問為主，所以中文根柢好，多少懂些中國話——有幾位一口京片子，真羞煞了我。他們都十分認真用功，每年有論文寫出來。不少教授退休後，還是搬到北白川附近來，為的是方便繼續到研究所去借書查資料，做永遠做不完的學問工夫！

也許，我們不必計較別人做了多少，但總得算算自己做了多少才好！

《中國學生周報》一九七四年五月二十日

貨聲

在京都，曾經看過一個「京都傳統民藝」的表演晚會。節目內容是把京都百多年來，傳統風俗、節日、祭禮、兒童遊戲、童謠、民歌都搬到舞台上去。在換景過場的時間，還加插了「京都貨聲」，於是賣布的、賣浴盆的、賣小木櫈、賣糖果的，都一一上場了。只見打扮小販模樣的人，挑着要賣的東西，走到舞台上，揚聲叫賣，腔調有長有短。台下上了年紀的人，就禁不住發出歡快的哄聲。看住坐在我前面的一排老人家，又是拍手又是歡叫，甚至有幾個還和着喊，情形有點像小孩子看見愛玩的玩具，或愛吃的糖果般，頓時，熱鬧氣氛充滿了整個劇場。看觀眾的反應，相信扮演的一定十分逼肖，捕捉了已經逝去，而又令人回味無窮的市聲，也把老人家帶進童年青年的時光裏。在他們哄笑歡快之後，在回家途中，想必勾起許多早已沉澱的記憶和話題。然後，驚覺自己不再年輕，又是陣陣惆悵。

突然，想到香港，市聲貨聲，有該是有的，但早埋沒在更大的城市噪音裏了。加上，大買賣靠大眾傳播工具，犯不着沿街叫喊土里土氣的；小生意聲嘶力竭鬥不過車聲飛機聲，用擴音器又嫌吵得欠自然，偶然在較冷清的街道上，大概還會有些固執的老輩人的叫賣聲：「臭豆腐」、「劏刀——磨——較剪」，盪在寂靜空氣裏。但，誰有欣賞的閒情？這世界，可以聽的東西太多了。

看過有人寫文章記敘北京的貨聲，四季有着不同的叫賣聲，腔調有悽惻也有高亢，煞是多姿多彩。也許，這些音調，平日聽得慣，聽過就算了，一旦離鄉別井，或者它被其他聲音取代後，就會從回憶中翻出來，觸起陣陣哀傷！

一晃許多年——那些漫長的夏天午後，三點鐘是：「椰子夾——酸薑」，四點鐘是「白糖——倫教糕」，該是五點鐘吧：「新鮮——豆腐花」，它們在什麼時候竟通通消失了？怎的？忽然又在我記憶中全冒出來。

「人生有個真正朋友」，「邊個夠我威」……它們是通過電波而來，有時令人心煩。幾十年後，想起的貨聲是這樣子的，不知是什麼味道。

《星島日報》一九七四年五月三十日

小思說

問 如果要選一種比較能代表日本的貨聲，老師會怎樣選呢？

小思 我在一九七三年去京都時，它已經是現代化城市了。市政府辦這樣的晚會，請老人家來聽聽已經消失的舊時聲音，讓他們重拾記憶。對我這個外人來說，是陌生的，所以沒有深刻印象。

反而在香港，有一個我現在都還記得的貨聲，在這文章裏沒寫出來。你知道我們舊時用竹枝晾衫的嗎？通常由一個男人揹着一束長竹枝上街叫賣：「衣裳竹——」，在他快要喊賣之前，頑皮的街童就跟在他背後高聲叫：「老婆搵咩打你呀？」男人正好此時跟着叫：「衣裳竹——」，他們就哈哈大笑。這是有趣的貨聲記憶。

問　現在都不是用來叫的，多是只把貨品放在那裏。

小思　不是，也有人大聲叫的。一般單調得多，只叫「埋嚟睇，埋嚟揀」。舊區小攤，或舊街如深水埗有些店，賣豬肉的就叫得很大聲，現在還用擴音器呢，吵到不得了！整個世界變了，整個環境變了。幾十年後，你問成年人，記得小孩子時代聽過什麼市聲呢？恐怕多數只記得打樁聲，地鐵聲，全是機械聲，不再是人的聲音了。

葉葉的心願

每片小木牌有一個學生的願望！那兒有滿樹滿架的願望。遠看，像秋來的銀杏葉，只是沉重沉重，不會飄飛。我悄悄的讀着每片小木牌上的字，什麼郎什麼子，不必計較，因為那都是不認識的人。但，他們的心願，卻如許熟識，彷彿發自一年前在我身畔、讀得兩眼蒙塵的學生。「保祐我的數學科及格」、「誠心祈我能進入某求某高校」、「求神助我投考某某國立大學成功」……葉葉是高懸的願望。

日本有許多神，打理着千萬樣不同的人間事。祂們守在不同的神社裏，受人們的供養，當然同時也聽取人們需要幸福的禱告。為了怕神忘記自己的要求，人們通常會在神社辦事小屋子裏，買一塊小木牌或一片木簡，誠懇寫上自己的名字地址，和願望。然後，依着神社的規矩，木牌懸到樹上或者早準備好的架子上；木簡就放在一堆，等數目差不多，便一紮紮在祭神時焚化了，心願隨着裊裊白煙上達天聽。

也為了安自己的心——神已經答應下來，就得買一兩個好看的護身符，讓它們在身上手提包上晃來晃去。當我第一次看到無數青年人把汽車駛進半山「狸谷不動院」神社去，求神師為汽車降福，把「交通安全」神符掛在車裏，才蠻有信心地下山，就覺得十分可笑，那算什麼現代化？

有幾個神社，大概是專門管理人間學問的，考試前一些日子，小學生中學生大學生，都跑去祈禱。新的小木牌把快發霉的舊小木牌遮住了。每一個學生，直立在神壇前，先向賽錢木箱投下一個銀幣，拍兩下掌，合十喃喃，再親自掛上寫好的小木牌，才吐一口氣，是打發了一宗心願。最初，我還是覺得好笑，後來，不笑了，因為他們的虔誠肅穆樣子；因為想到香港的學生。

在日本，升學是絕對不成問題的事，但競爭的壓力依然很大。誰都希望考進好的學校，尤其中學畢業生，自然想進入學費便宜名教授多的國立大學，那就緊張了。雖然，好的私立大學多着，又沒有什麼政府不承認的擔憂，每年總有捱不住失敗煎熬的年青人自殺死掉。國家為他們盡了力，家長為他們分了憂，教育制度很合理，

真言宗修験道大本山

狸谷山不動院

京・洛北・一乗寺

Tel 本殿 781-5664
祈祷殿 791-5924

狸谷山年中行事抜萃

正月三ケ日間 諸願成就 十二支えと祭 初詣護摩祈禱供
元旦～七日間 交通安全 災難除け 特別自動車加持祈禱
正月十六日 お鏡開き（不動講社初縁日）
正月二十八日 初不動祭
二月三日 節分厄除祈禱・追儺豆まき式
五月三日 春まつり・修験柴灯大護摩供
六月十五日 大師降誕会 結縁潅頂
七月二十七日～二十八日 千日詣り 二十七日夜成満柴灯大護摩供、火渡り法
十一月三日 立教開山記念大祭 修験柴灯大護摩供
十二月二十八日 納め不動祭

境内には本尊を祭祀した本殿の他に左の堂宇がある。

明神堂 衣・食・住・愛の神にして、白玉・清隆・玉姫・折木の各大明神を祀る。

お滝場 剣豪宮本武蔵修行の滝とも伝えられ現在でも入滝の行をする行者が多い。

奥の院 お山の鎮守・幸竜大権現を祀り、山頂からは市街の眺望が美しく、背後には比叡の山々が連なり、絶景の台地がある。

三十六童子 本殿から奥の院までの道中に不動明王眷属の三十六童子像が立ち並び、お山めぐりの修行も出来る。

祈禱殿 近時の交通災禍に備えて、災難除けの不動明王を安置し、人車共々の無事故を祈る交通安全祈願専用の祈祷殿である。

他に**弁財天**、**恵美須**、**大黒天**、**弘法大師**、**水の口不動尊**等の堂宇がある。

狸谷山不動院入場券。年中行事項中見：「除交通安全災難特別自動車加持祈禱」項。

但到「螢雪時期」（日本人叫中學畢業那年做「螢雪期」，是用中國典的好例子之一。），學生們還得找個神來求保祐。如此看來，香港的學生就顯出一副硬骨頭，自闖天下的英雄氣概。

四五月，在香港，就宛似有黃塵萬丈蒙住無數學生的心頭。日本的學生，在這個時候，一切緊張都早過去，新學年開始，有人大概正跟着老師穿州過府作修業旅行去。至於那些小木牌，相信仍然迎風受雨地懸着，葉葉的心願，完成的、沒完成的，漸漸都被人忘卻了。

《中國學生周報》一九七四年六月五日

砂丘之旅

沙粒竟如此陰沉，像無聲而刻毒的蛇，蜒動着。低調子的顏色、男體女體上黏沙的皮膚，似十分不安的沙流，沙流似十分不安的水流，有極冷同時極熱的感覺。

第一次看中譯本安部公房的《砂丘之女》，長久用心思索那個是什麼地方，始終弄不懂。第一次看電影《砂丘之女》，我以為那是沙漠，可是，卻有海。難忘的是條條暗陰幽靈般的沙紋，刻毒的蛇，蜒動着！一個充滿令人震慄的地方……

砂丘在日本海岸，自京都出發，坐火車要六七小時，一天內不可以來回，必須到那邊去住宿。這在時間和經濟上，對我來說是奢侈的，但怎能忍得住，不去走一趟？

五月，日本人的「黃金星期」假期開始，一位熱心朋友為我解決食宿問題，我便背起行囊，硬拖了兩個完全不知道砂丘是什麼一回事的朋友作伴，走向那神秘之境。沒有經驗，不提防那是日本人傾巢而出的假期，火車裏站了三小時才有座位。我興奮得一點不累，還有興致為朋友們說完砂丘的故事。

到砂丘，得在出產水晶梨著名的鳥取市，轉乘公共汽車。出了鳥取火車站，我們就發楞，滿街擠着是等車的人。憑着朋友的又拉又塞，我半昏地上了車，尋幽探勝心情在熱烘烘人氣裏，冷卻半截。車一步一停的往山坡上爬，只為交通擠塞，本來二十五分鐘的車程，走了差不多一小時。人們紛紛說砂丘就在前面，還是下車步行上算。於是，決定下車，加入車流人流裏，感覺跟逛年宵市場差不多。朋友向我瞪眼，似乎，他們上了我的大當。愈上高坡，公路的黃沙愈多，我拭拭臉上的汗和沙，說着：「看！是有點與別不同的氣派罷？風沙吹到公路來了。人是的確多得有些過分，但，也顯得安全點，被男孩子捉住的機會也減少了。」一是開着玩笑，主要想掩蓋自己失望的表情。

我跑在前頭，是第一個看見——「人丘」的人。蜒動的毒蛇？人的足跡宛如張巨大羅網，牠被收服了，那無愧是個大砂丘，可是鬥不過人的踐踏，加上不颳風，牠擺不出暗沉的面貌。我們盡向海邊人稀地方走，發現一個凹陷的沙谷，大概是「不知為掘沙而生活還是為生活而掘沙」的人們居址遺跡吧！上面垂下兩條繩子，幾個男孩試攀上去，都是快到頂就跌下來。那才有點意思！嘿！他們不攀了，輕易地從另一邊的斜坡走上來，沒些兒困難，嘻嘻哈哈走了。要趕車班，拍個照算留紀念就得離開。試了幾個角度，很難避免人頭湧湧的場面，拍出來，恐怕跟普通海灘沒分別。最後，我是站在一條寫着「砂丘」

砂丘之小思

的木柱旁，呆呆的為求有圖為證。捧住一罐取自砂丘的沙，再投入不安的人潮中。搭不上公共車，走了一小時多路，回到火車站，目送最後一班快火車開出。看到鳥取全市大小旅店客滿的告示，逼於無奈坐一種慢吞吞的火車，三小時後到站，再坐了八十多元港幣的計程車，才回到朋友的居處，這就是——砂丘之旅！

不再想念砂丘，等如一個朋友到過伊豆後，不再想念伊豆。

《中國學生周報》一九七四年六月二十日

訪落柿舍

那兒有一條淺淺清澈的桂川，有錢就可以僱一隻平頂小船，舟子撐着篙溯流而上，看四季都滿山嵐的嵐山。我沒錢，那更好，可以步過渡月橋，沿嵐山山麓小徑直上大悲閣，下瞰整條桂川。這路上，秋楓冬雪時最迷人。如果要四季都具風貌的，那它就比不上對岸的嵯峨野了。嵯峨野有鑽進去便看不見天日的大竹林，也有精緻得只許瀟湘館才配的小竹林（叫篩月林，多美！）竹林裏有一座小小尼庵，住了個老尼姑和一隻懶洋洋的大白貓。中秋之夜的大覺寺有簫箏之會，大澤池可以泛舟玩月……要説嵯峨野，每一個角落，都該寫一篇，只是寫得不好，未免委屈了它，實在不能寫。如今只寫跟日本文學有關的「落柿舍」。

日本文學中佔重要部分的是俳諧，是一種近乎詩的作品。説到俳諧，便一定提及一代俳聖芭蕉，因為由他，才奠定了俳句的藝術地位。他一生流離浪跡，遠拋名利，過着極簡素的生活，在京都住過一段時期，又與門徒漫遊去了。每到一地，都寫有許多著名俳句，使俳風普及。到五十一歲，他便結束了飄泊生涯，死在大阪客舍裏。直至今天，日本的俳句作品仍然十分普及，各地都有俳句會的組織，其中論正宗，該推芭蕉翁嫡傳的京都派。這派組織是由芭蕉一代傳一代地主持的，現在正傳到第十二代，住在嵯峨野的落柿舍裏。落柿舍只是一間小茅舍，園子裏有芭蕉的碑石，和他的弟子去來先生墓，四周植遍柿樹，到得秋來，滿樹是朱紅的柿。茅舍前面一大片稻田，冬末春初，農夫還未下種前，地面開滿紫藍小花，小孩和少女蹲在那兒採花。去年夏天，經朋友介紹，我訪問了芭蕉的十二代傳人——是個四十來歲的女人，叫若生小夜。

那天，我去訪問柿舍主人，是她剛依循芭蕉行腳路線走了一年，回來後不久。她端莊而冰冷的表情，跟一般日本女人見人便笑的樣子很有分別。她一面沏茶一面慢慢地講述自己一年內的工作：包括考勘芭蕉翁的行腳路線，尋求佚去的作品。我問她：「日本受西方文化影響，一代比一代洋化了，俳句這些古老文學形式，會不

落柿舍入口

會不受青年人歡迎，而後繼無人？」她薄得似乎有稜的嘴唇，第一次彎成弧度，現出一絲蠻有信心的笑意說：「不會的，青年一代的新鮮思想會使俳句有新的面貌。他們可以承受古老而好的形式，再加入新的思想、經驗，那對俳句的發展是好的。我們會裏成員有二十歲的小夥子，也有六十歲的老頭子，每月把作品帶到會裏來朗誦，然後互作批評，有時也即席寫作，青年的表現好得很，我們沒有後繼無人的憂慮。」她細心地向我解釋俳句的形式、發展和派系。說到根源，她雖然沒有謙卑的表情，但一再說：「日本文化實在多承中國的給予生命。俳句受中國詩的影響很多。」也許，她也該好奇要知道一切中國的詩壇情況了罷，於是她問：「你們中國有多少詩會組織呢？」「你們青年人對古詩愛好程度怎樣呢？」突然，我發現要尋一個得體的說法十分困難。絕不想在她那冰冷面孔前說我們中國青年人不再愛古詩了，只好避重就輕說目前我們比較喜歡散文和現代詩。我知道那答案並不圓滿，可是，一時間，找不到更好的答法。

出了落柿舍，在新月初升的田野小徑上走，我仍忘不了若生小夜那張冰冷而自信的臉。

《中國學生周報》一九七四年七月五日

《北京風俗圖譜》

對於愛讀近代史或近代文學的人來説，北京風俗，該是很具吸引力的。為了方便了解和研究，也應有或多或少的認識。幸而，有關的資料並不難找，例如古老一點的《燕京歲時記》，《帝京景物略》；近一點的《北平風俗類徵》，宇宙風專號《北平一顧》等，都提供許多文字記載。但對清末民初北京風俗，能圖文並列，有系統的記敍，我想，日本人是做了工夫。

平凡社的東洋文庫出版了《北京風俗圖譜》就是好例子。這套上下兩卷的小書，是由兩部分組成的：第一部分是青木正兒在一九二五至二六年間，在北京留學時，「暇日往往遊街觀風，樂舊俗之未廢」，便請老北平畫工繪畫了一百一十七張《歲時圖譜》分作「歲時」、「禮俗」、「居處」、「服飾」、「器用」、「市井」、「遊樂」、「伎藝」八類。這些畫，經過三易畫工，兩年時間才完成，後來藏在東北帝國大學圖書館裏。本來，青木正兒想為這些圖作説明，但由於事忙，一直沒有動筆。到了一九六四年，東北大學教授內田道夫才依着分類寫成説明，再配上新的現代面貌照片，成了第二部分，印成《北京風俗圖譜》。據青木正兒的序言説由於當年費用不夠，找尋適當畫工困難，所以繪成的圖譜並不太滿意。但由於它畢竟保留了北京的舊貌，而北京在這三四十年內，又有很大變化，故它還是有保存的價值。

那些圖片，對於愛好研究民俗的人，應該很有意思的。我們可以看見當時迎親、葬禮、出殯的儀式，男女服飾，帽髻形式，甚至一椅一桌，廚房用具，玩具風箏，常見的商店招牌（幌子），

《北京風俗圖譜》第一輯（平凡社，一九六四年）

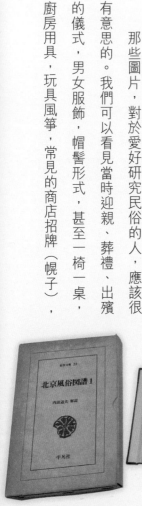

圖書前面部分是圖譜，後面部分有解說。

廟會、夜店、街頭小攤等。我們不必計較畫工的優劣，但必須清楚內容是不是真實。在香港的老北京相信不少，真希望他們看到這套書，逐一給我們作些訂正和說明，以免我們吸取了錯誤的資料。

日本人熱心研究蒐集我國民俗資料的例子很多，例如去年，學者竹內實就用錄音對談方式，記錄了一個山西人口述的山西居處方式，在一份叫《中國語》月刊裏，連載了十二期。其實，這些工作，無論在情也好，在理也好，都該由我們中國人自己動手才對。

《星島日報》一九七四年七月十八日

七月

過街，看見婦人蹲着在燒衣。她懶，沒有把彩色衣紙摺成一個一個兩頭尖起的小圓筒，就大疊大疊燒，使得陣陣濃濁的煙撲着人面。

記得小時候，不知道什麼迷信不迷信，只知道七月是好玩的月份。對於七姐誕，我不興奮，姊姊總不許小孩子碰有鵝蛋粉頭繩鏡子的七姐盤，沒自己份兒的事情，誰會起勁？燒衣，卻不同了。早幾天，大人就發給小孩子摺衣紙的差事。不是愛摺衣紙，而是因為誰負責，誰就可以偷偷藏起不多不少的七彩衣紙，成為他日向玩伴炫耀的財富之一。輪不到這份優差，又想要那些彩衣紙的，就只好低首下心，用別的東西去央人家換幾張了。因此，摺衣紙，是件大事，一定用心去做妥。等到燒衣的晚上，雖然絕不會讓小孩子插手，但難得無事也可以在街上站站，看一堆高高火焰，小乞丐等着搶些祭品吃，撒豆腐芽菜、用水潑滅紙灰的殘餘火點，都有一種很放肆而又熱鬧的感覺，從來，沒有想到什麼孤魂野鬼上頭去。

忘了打什麼時候開始，家裏不再燒衣，玩彩衣紙的童年，就像壓根兒沒來過般過去了。年年，也許還有人燒衣，但不再經心。去年在日本，七月，人家也有鬼節，問起我們中國習俗，才猛然想起這個竟然淡忘了好久的節日來。

日本人在七月的一個晚上，要上墳去拜祭祖先。太陽下山，一家人拿了水桶鮮花上山去。用水沖洗石碑、擺好鮮花，就把墳地管理處預早安排，吊在墳上的白紙燈籠裏的蠟燭點着。剎那間，半個山坡一列列淡黃色的燈火，在夏夜裏晃着。他們管那夜叫萬燈會。站在山頭看，孝子賢孫點過燈就散去，剩下了半明半滅的燈。一個燈是一個魂，隔着山麓的叢林，閃着眼看人間繁華燈彩。那黑黑的叢林，竟如此清晰，分成陰陽兩界，驀地，覺得站在山崗上的自己，也不過是一個魂，正回睇人間，忽來一陣驟風細雨，燈也熬不住，有些奄奄，有些早滅了。朋友說他們曾試為那些不相識的魂重燃點那早滅的燈。我說何必？續能多久？曾亮過就了卻一段塵緣。

去年，我過了一個最鬼氣陰森的七月。

《星島日報》一九七四年九月八日

萬福寺掠影

看了高美慶寫的《中日美術關係之探討》，才知道日本宇治的萬福寺，是中國文人畫傳入日本的一個重鎮。去年冬天，曾到過這所山門，只是去的時候，並不知道它曾是傳播中國文化的中心。朋友說那寺院的和尚唸經，全用中國話，這就足夠吸引我去一趟了。萬福寺，是在京都市和宇治市之間的一個叫黃檗小鎮上。據說這寺除了和尚用中國語唸經外，還有一個跟其他日本寺院不同的特點，就一直下來，住持都由中國和尚出任。可是，自民國初年以後，不知道為什麼中國和尚會後繼無人，終於還是由日本人做了住持。這寺院是仿明制寺院形式建成，所以無論格調、氣派都及不上依唐制的唐招提寺或法隆寺。有幾處小小庭苑，簡直是江南小築的味道。大殿左側是個有圓拱門的賣茶小館，門外樹梢掛了一面茶旗，白短牆綠瓦簷上，伸出幾樹冬青，想想如果換了幾株紅杏，或者數枝紅梅，那就更叫人醉了。可是走出來的竟然是幾個大和尚，真不知道是我的想法殺了寺宇莊嚴的風景，還是他們殺了我詩思的風景。大殿之外，還有許多建築物。有些是供奉靈骨的，有些是供奉羅漢的，還有一座黑黝黝，關了門，只准人隔着鐵絲網看的小側殿，裏面竟然供奉了關帝像。這佛殿的布置跟一般日本寺宇完全不同，卻與香港常見的廟差不多：神龕、神枱的帷帳都是大紅綢加刺繡或膠片，還寫上善男信女的名字，看名字就知道都是中國人送的。只見裏面一片塵封，心裏不是味道。萬福寺的雲版也很特別，是一條大木魚，橫吊在迴

大木魚下

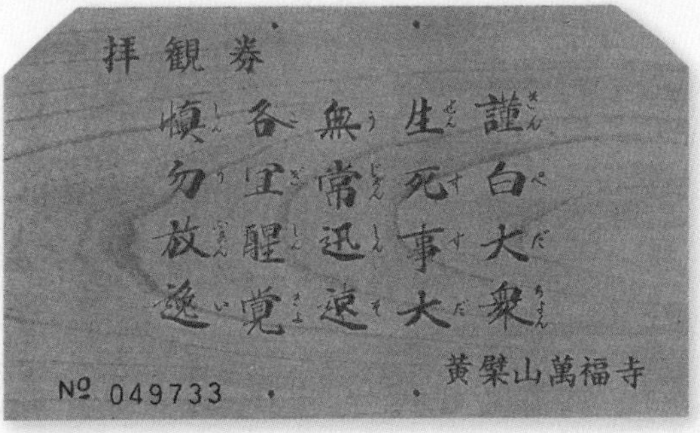

入場券印上的偈語：「謹白大眾，生死事大，無常迅速，各宜醒覺，慎勿放逸」。

廊上。轉個彎，走廊上擺着一張大四方酸枝木桌，和四張很高靠背的酸枝椅，既不像款客，又不像古物陳設，有點不倫不類。旁邊小賣部除了特設紀念品外，還賣該寺住持法師寫的字。據說歷任住持和尚都寫一手好字。可惜現在住持寫的卻不見高明。

專程往那兒走一趟，是為了聽唸經，但卻撲個空，因為不是初一十五，和尚們不在大殿上唸。大概沒有緣分罷！萬福寺在我心中，實在無法跟奈良京都大大小小寺院相比。

《星島日報》一九七四年九月二十八日

如此有鄰（之一）

秋風一起，在日本京都就湧起一陣文化高潮。夏季休館的博物院、展覽館重開了；本來不公開的寺院藏寶館，也由於要把藏品拿出來風乾，趁機會展出，在入場券方面好收一筆。去年入秋，我便有一星期連訪十三個寺院藏寶庫的紀錄。在日本，看博物院、看什麼藏寶館，入場券絕不便宜，大門一開，少半塊錢也休想進去。但，在京都，卻有一間十分例外，竟是「無料」——免費參觀的。這所博物院叫「有鄰館」，座落在平安神宮、美術館、京都會館的附近。是一所私人博物館，除了每年一月、八月休館外，每個月的第一、第三個星期天十二時到三時開放。為什麼叫「有鄰」？據説所藏美術工藝品有百分之九十八是屬於中國的，由一個有錢人經前後四十年的努力「蒐集」得來，中國跟日本是「善鄰」，所以嘛就是「有鄰」。

在平安神宮（許多由香港去的旅行團，只要路經京都，這座赤紅耀目的神宮必在遊覽節目內。）紅木大鳥居的右邊拐一個彎，楊柳堤旁就會看見一座四層高半西半中的建築物。雖然遠在一九二六年建成，但仍然很新，也很觸目，因為料理得周到；因為中國式的八角亭子、屋瓦都跟一切日本式建築物有很大分別。可是，別小看了那些瓦，有來頭哩！是北京城乾隆二年製的黃釉龍紋瓦。門前一對石獅子，倒一時大意沒留心是不是也從中國什麼府什麼署「蒐集」得來。

進得門來，先換上館備的拖鞋，在留名簿上寫下自己姓名身分和地址，便可以自由參觀了，但千萬小心，別踢着隨便放在牆角的一對宋代石刻梭猊，或一大塊漢磚。樓下大展室裏，展品多沒有加上玻璃櫃，所以有人可以東摸摸從雲崗石窟砍下來的佛首；西碰碰由洛陽白馬寺千佛塔挖下來的塔磚。這室都放體積較大的東西，最小的要算是三十二塊秦漢瓦當。其他石佛像有大的小的，唐的宋的，這裏不想抄名單了。不過，連梁武帝時的石井欄，唐壁畫整一幅，也蒐集搬到京都，那就實在不簡單。中國有這麼一個「鄰」也不簡單。

《星島日報》一九七四年十一月一日

有鄰館小冊子

有鄰館の沿革と概要

本館は、東洋（主に、中国）の美術工芸品、ならびに学術資料を一堂に集めて展観に供し、中国との善鄰を寓して「有鄰館」と称したもので、故四代藤井善助翁が、前後四十年にわたる蒐集品を、財団法人　藤井斉成会に寄付して、その管理経営に委ね、大正十五年以来、定日公開して今日に至ったものである。

中国最古の殷の時代から、清代に至る四千年近い間の各時代を網羅していることと、仏像、銅器、石塼、玉器、陶磁器、漆器、印璽、文房具、書画等、その品種の多いこととが、特長となり、早くから欧米にも知られ、東洋殊に中国研究者は勿論のこと、一般愛好家にも広く観賞せられつつある。

一順観覧して、東洋文化の発生の中心地中国の文物、思想の興亡変化や、往昔、日本におよぼした影響等も理解し得られる格好の博物館と言われる。

設立者の略伝

故藤井善助翁は、滋賀県神崎郡五個荘町宮荘で、代々布屋善助と称した商家に明治六年三月出生、長じて京都市立第一商業学校、続いて、上海の日清貿易研究所（後の東亜同文書院大学）に遊学し、大陸の文物に接した。二十八歳、大阪金巾製織株式会社（現在の東洋紡績株式会社）、江商株式会社等の創立て参劃し、天満織物株式会社（現在の敷島紡績株式会社）、日本メリヤス株式会社、琵琶湖ホテル、日本共立生命保険株式会社等の社長や、株式会社島津製作所、京都電灯株式会社、日本ペイント株式会社の重役等、三十数社の経営に当り、関西財界に名をなした。他方、三十五歳、滋賀県から衆議院議員に選出されること四回、終始、犬養木堂翁の傘下に属し、中央政界にも奔命し、また司法保護事業、私立学校、宗教団体等の社会公共事業にも尽力した。昭和十八年一月十四日、七十一歳で病歿

規模

第一館

建物　故武田五一博士の設計にて、地下共四階の鉄筋コンクリート造。東洋趣味を加味した建築で、大正十四年六月六日起工、同十五年十月末竣成したものである。

建物　延約千二百六十四平方米

屋上　露台。塔屋。八角堂。屋根瓦は、中国北京城の乾隆二年製の黄釉龍紋の瓦をもって葺く。

三階　陳列室　約百八十二平方米　貴賓室　約五十九平方米

二階　陳列室　約百八十二平方米　図書室　約九十六平方米

一階　陳列室　約百八十二平方米　東　室　約五十九平方米

地階　倉庫、電力室、等。

第二館

建物　二階建　洋風建築　延約四百八十二平方米

陳列品略目

一階陳列室

○仏　像

北魏　雲崗石窟第十九洞傍仏仏首

北魏　古式三体石像　背面に仏蹟図あり

東魏　元象元年銘　黄玉三体仏

東魏　天平二年銘　三体釈迦立像　重要文化財

北斉　河清三年銘　大石仏　重要美術品

隋　仁寿四年銘　鉄造観音立像

燉煌　釈迦坐像（加彩泥仏）

唐　貞観十三年銘　石坐像

唐　響堂山石窟　羅漢像　重要美術品

唐　五大山胡僧礼拝石像　重要美術品

唐　黄玉観音立像　重要美術品

その他に

犍陀羅石仏、この内、釈迦聖蹟画像石は著名

印度　マツラ釈迦石像　等

○画像塼石

漢　画像石　東天王、西天母の画像　重要美術品

漢　画像塼　壁体

漢　狩猟画像塼　柱

唐　双馬画像塼

○瓦　当

漢　瓦当「長楽未央」、「羽陽殿」、「漢幷天下」

○石　経

漢　熹平石経　残欠

魏　正始年　春秋石経　残欠

○経　石

隋　宝梁経石

金　契丹統和二十八年銘　陀羅尼石幢　重要美術品

一階東室

○仏　像

隋　天龍山石窟第八洞　仁王立像

隋　開皇二年銘　三体石像

二階陳列室

○銅　器

殷　犧首饕餮文斝（銘二字）　重要美術品

殷　饕餮蟠龍文觚（有銘）

殷　饕餮蟠龍文兕形大瓿（銘一字）　重要美術品

西周　銅魚盉（銘二字）

西周　禽獣飾虎文鍾

西周　変形蟠龍獣文克鼎（有銘）　重要美術品

西周　犧首饕餮巴状卣、尊（有銘）　重要美術品

西周　饕餮文大簋（銘六字）　重要美術品

周中期　有台魍龍雲山文簠（蓋）　重要美術品

周中期　犧首羽状文匜　重要文化財

春秋　龍耳銅盉

春秋　人物飾鱗状文銅匜

戦国　鳳蓋蟠螭文鼎　重要美術品

戦国　有蓋象嵌文壷　重要美術品

戦国　渦文飾怪獣　重要美術品

戦国　饕虎沈文銅豆

秦、漢　度量衡類（権、容、尺）　重要美術品

漢　鳳鈕蓋薫炉（建平四年銘）　重要美術品

漢　燭台（建初八年銘）　重要美術品

漢　獣環銅洗（永和元年銘）　重要美術品

漢　塗金鈁（長沙六年銘）　重要美術品

漢　重圏清白鏡　重要美術品

唐　八稜雲龍鏡　重要美術品

唐　海獣葡萄鏡　重要美術品

二階陳列室の一部

犧首饕餮文斝

釈迦聖蹟画像石

一階陳列室の一部

摘錄自有鄰館小冊子內頁

有鄰如此（之二）

有鄰館的二樓的藏品，大概要比地下的寶貴多了，所以都用玻璃櫃裝起來。除卻四個像麻雀枱面大小的漢銅鼓外，其他都是小東西；例如秦的石權、漢的銅尺，一大批清大員端方舊藏的印璽，宋徽宗皇帝御璽。最引起興趣的該是明惠帝賜給方孝孺的入宮通行牌，背面刻了「朝參官員懸帶此牌，無牌者依律論罪，借者及借予者罪同」字樣，側面是「建文元幸給方孝孺」，正面刻「欽頒」兩個大字。三樓右邊有一間不常開的貴賓室，如果湊巧管理人為特殊來賓開啟那門，普通參觀者也可以進去看。裏面多是清宮一桌一椅，外國為乾隆帝特製的黃金彩鳳時鐘等等。左邊的大展室一大半是乾隆皇帝的東西，竟也給這個鄰人「蒐集」了，真有點替乾隆搬家的氣派。皇帝的玩物用品、珍珠珊瑚金銀龍袍、「乾隆御筆之寶」的流金龍鈕印、「十全玉寶」、皇帝皇后皇太后的象牙鑰匙牌，似乎大小不遺了。也不知道怎樣弄來一件明代考科舉時用來「出貓」的「夾帶衣」，整一件白布衫前後上下，全用針細正楷抄滿了字，原來是四書連註，真虧那衣服主人想得到。室的後半部是按期更換的宋明清書法繪畫，和元明各款陶器。

有鄰館的天台有個八角亭，從街外遠遠都可以看見，但沒上去，究竟是怎樣的內容，就不知道了。地下天階的洗手間倒去過一次，外邊居然也擺着兩塊漢磚，怎不叫人啼笑皆非？正因這樣，不禁懷疑展品的真偽，問專家去，答案是真真假假都有。大概有鄰的主人忙於蒐集，只顧得搬，便來不及求證真假，也可能是我們中國人給他開一次小小玩笑。不過，真的東西一定不少，因為有鄰館是日本四大私人博物館之一。藏品中，有許多拍成照片，收入日本世界文化社出版的《世界歷史叢書》有關中國部分四卷裏。另外，當我第一次去參觀時，就碰到中國出土文物展工作組組長趙光林，和台灣故宮博物院的負責人。（關於這兩個不同「方向」的文物負責人，竟在彼此不知對方身分的情況下，同處一室觀看被鄰人搬走的文物。曾惹起我許多感慨。）不論真偽都搬走，有鄰如此，怎不「眼濕」？

《星島日報》一九七四年十一月九日

住友家之文化財

日本人愛把文物分成許多等級，依着它們的歷史價值，列作第幾號「國寶」、「重要文化財」、「文化財」。寺院的藏寶館裏有些本屬於中國的「請來文化財」，看到這五個字，再看看許多分散在各博物館裏的中國文物，就不禁想，如果再要分下去，大概還可以有「搶來文化財」、「買來文化財」等等。在京都，説博物館的氣派，沒一家比得上在左京區的「泉屋博古館」。它也是一所私人的博物館，公開展出的日期，一年只有深秋時分的一個星期，入場券絕不便宜，可是，研究中國青銅器的學者專家，或者愛好青銅器的鑑賞者，一定不會錯過這機會。高踞在山坡上的博古館，完全是西式建築，由大堂轉入令人不知不覺間層層而上的展覽廳，設計得十分巧妙。展品安排在精緻特製鋼框玻璃櫃裏，角度適合的燈光，使展品的花紋體態更突出。一件件商周青銅器，穩重而沉默，在玻璃櫃裏，顯示着數千年前，遙遠一個民族的手藝的光輝。在第一展室裏，有一個突出重點的展品，單獨佔了中央一座玻璃櫃，名叫「人面蟠龍雷紋鼓」。銅鼓，常見的該是平放的，但這個商代銅鼓，卻是橫放的長形鼓，敲的部分在左右兩邊，整個鼓身刻着人面和鳥獸，線條生動，真叫人心神凝聚。其他的編鐘、尊、觚、鐸、爵、盤、鼎……據「識貨」的人説，都是一流的珍器，而依這些蒐集品印成的《泉屋清賞》圖錄，更受世界各國研究青銅器學者的重視。一路細意地看着：殷、周、戰國、秦、漢是歷史的流，是先民手藝智慧的光，可是，耳邊響起女説明員冷冷的英語：「這是我們家主人，在美國購入的……。」「這乳虎卣，相信是現今世上同類型器皿中的最珍品。」什麼東西一隔，把我跟那些流那些光都隔開了。她家的主人，是指日本財閥之一的住友家族。據説憑了他們的財力，大量購買了流在海外的中國青銅器，現在藏品總量已經超過五百點。「泉屋博古館」是他們值得驕傲的財產之一——所以展館大堂上，展品目錄就跟住友銀行各地分行的照片並列，這就是他們的「文化財」。

《星島日報》一九七四年十一月十七日

牆外

在京都，閒來愛逛大街小巷。年來，給我逛過的地方真多，只有一個地區沒去過，因為一早就有人警告我：那是流氓聚居的地方，千萬去不得。怎料，一次無意的閒蕩，竟走到這地區的邊緣，意外地看到日本的另一面目。

那是在京都的南面，羅生門（羅城門）以外。除了有所以每月二十一日廟會出名的東寺外，沒有旅遊「名所」，外來遊客怎也不會跑到那兒去。我愛看東寺的廟會，愛逛擺在地上的雜貨舊物攤子，所以雖然離得市區遠，仍去過幾回。東寺的地攤性質可以分成兩大類：一類是專供較廉價生活用品的，例如衣服、鞋襪、廚房用具。一類是有錢人消閒玩意，例如盆栽、古錢，最多是沒有實際用途的「故物」。有人用港幣五六十塊錢買一隻不會動的古老掛鐘，三四十塊錢買一件破爛軍用斗蓬，幾十元買一個舊軍用水壺。我站在那些買客身旁，看他們輕易付出鈔票，就不免覺得日本人真富有，多餘錢真多。

每次到東寺去，我總從當大街的門進出，也不敢在附近久留。只有一次——是離開日本前的最後一次，竟從側門走出去，就不禁呆住了。圍牆外，驚訝地看到一大羣衣衫襤褸、身軀乾枯得像柴枝的人，也正進行地攤的買賣。年老而顛危的攤檔主人，沒神沒氣地看住像一大堆垃圾似的破衣服爛用具，神氣好不了多少的買客，像拾荒者般細心撿着。幾塊錢成交的破東西，在香港，恐怕送給乞丐也沒人要，他們卻如此鄭重的一買一賣。這種景象跟牆內的對比，實在太強烈了。

據説在日本，每個城市都有這種「非人」。他們世世代代貧窮，聚居在一起，也不跟其他階層往來，只在一定範圍內生活。朋友告訴我，幾年前，有個年青的「非人」偷偷離開範圍，考進京都大學，準備學成便回去幫助其他「非人」改善生活環境，怎料，到頭來反被自己人排擠了。最近，在電視中看到東京「非人」在遊行示威，要求改善生活，不知道京都的一羣，有沒有同樣作合理的爭取。

《星島日報》一九七五年一月四日

天理，這地方！

三月一日、二日，在大會堂有一個「唐代管弦樂及舞樂欣賞會」，由日本天理大學雅樂部演出的。節目內容有些什麼，我不知道，但單是「唐代管弦樂」這名稱，就夠吸引力了。至於天理大學，更不禁使我想起：天理，這個奇異的地方。

那年，到了日本不久，便聽説離開京都不遠，有一所天理大學，圖書館裏藏着不少中國善本書。於是央求可以進出天理圖書館的朋友帶我去開開眼界。

天理，在奈良的南邊，是鐵路沿線上一個小城市。一走出火車站，就覺得：這個小城市怎麼這樣潔白，簡單？好像未完成的電影布景。火車站小廣場對面，一排白得出奇的建築物，中間分出一條日本都市常有的賣物街來，但它卻是靜靜的，絕不像普通賣物街。街的兩旁，當然全是商店，除了日常用品，食物外，還有許多家天理教印刷所，天理教書店，天理教佛具店。來往的行人，男女老幼，多穿上背部寫着「天理教」三個白字的黑色對胸短袍。一個城市，有許多人穿了黑袍子走來走去，我突然感到一種神秘而又不自在的氣氛。走不到十五分鐘，街已經盡頭，也就是說這城市中心只有這條街。前面寬廣的地面，聳着一座木色很新的大佛殿，正是天理教的信仰中樞，拐一個彎是黑色銅造大鳥居（日本神廟前像個井字形的牌坊叫鳥居），再過去就是天理小學，中學，大學的所在地，而整個天理市，就差不多看完了。

大學裏的善本書果然多，每年出版「善本寫真」。有些什麼書，不必在這兒説，有興趣的可以到馮平山圖書館找《天理善本書目錄》看。還是再説天理；這是個由天理教徒興建的城市，據説每人都要把收入抽一部分出來獻給教會。而每人每月也要為教工作幾天，主要是站在大殿前，替進入大殿的人抹鞋，和拿着鞋抽為參拜者服務。那天，就看見幾個蹲着，很仔細地把人家脱下來的鞋擦得發亮。據説天理大學會送出獎學金，讓外國人進去唸書，但條件是要信奉天理教，和替他們傳教。總之，天理給我的印象是奇異的。

《星島日報》一九七五年二月二十八日

本來這個不須尋

從前，當塵世事像陣黃沙大霧蒙住心頭時，就癡想尋着一個小院，只求有一窗雲水，伴我面壁坐禪去也。當凡人瑣務現實得緊，便總愛想那個和尚把鞋放在頭上的公案，或者用力扭住別人鼻子悟出「捉空虛」的故事。但全都是想想而已。

日本，是個愛禪國度，海岸邊的福井市有所永平寺，是著名的坐禪道場，以戒律嚴和尚惡出了名。日本人有機會都愛遠道而來，住上幾天，頂禮參禪。有一回，我也去了。

年青和尚怒目大喝，我學得默然挺腰，合十而行。飯前誦經，餐後親自依規收拾碗碟。律例只教我的心，宛如沉落深淵。參禪室內，無磬無鐸，無風無月，我學會跏趺而坐。許是沒有慧根，許是塵緣未了，我眼睜睜看住壁上條條木紋，細心聽着和尚執戒板打在別人肩上的聲響。當寂靜變得一絲絲鑽入耳裏的時候，竟然有刺痛的感覺。戒板拍拍像深夜雷聲，什麼也不悟，什麼也不想，只盤算戒板打下來的痛楚。雖然，棒喝出乎意料的輕，可是，我的心神早已散碎，撿拾回來時，只剩一句我得歸去。

素飯用的箸套

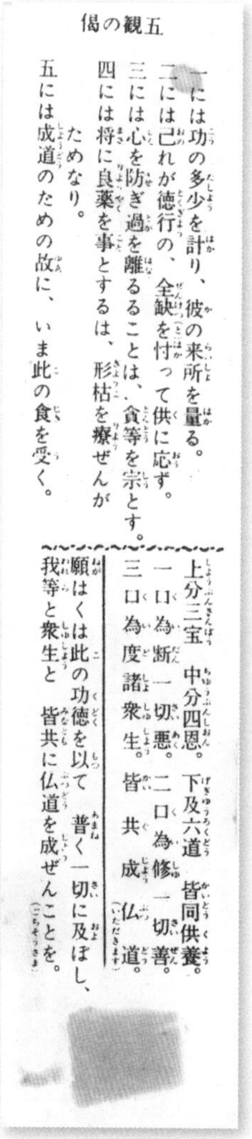

五観の偈

一には功の多少を計り、彼の来所を量る。
二には己れが徳行の、全缺を忖って供に応ず。
三には心を防ぎ過を離るることは、貪等を宗とす。
四には将に良薬を事とするは、形枯を療ぜんがためなり。
五には成道のための故に、いま此の食を受く。

上分三宝　中分四恩　下及六道　皆同供養。
一口為断一切悪。二口為修一切善。
三口為度諸衆生。皆共成仏道。
(いただきます)

願はくは此の功徳を以て　普く一切に及ぼし、
我等と衆生と　皆共に仏道を成ぜんことを。
(ごちそうさま)

箸套後印上的偈語

清晨三時，我們赤着腳走完一道依山而築的木長廊，冰冷像千萬口小針，發自已經磨得光亮的廊板，我的心飄向廊外的杉樹林。不知道是雨是霜，被杉樹枝葉篩篩了，有點不羈地灑下來。我已經坐定在大雄寶殿裏，再聽不見早課的喃喃，抬頭只見簷前滴水晶瑩，晨光如透露了天庭秘密從濃葉間閃出來，幾隻初醒小鳥躲在那兒試唱，青石階的苔痕刻畫許多生的跡影，一切生命自黎明昇起，我有着觀照自身的明徹，悠然站起來，不再打坐，走向高大的殿門之外。

原來，禪不在藏經閣，不在禪房戒板，不在衣缽鐘磬，不在蒼沉梵音。從前，我是錯了。

永平寺的僧堂外

《星島日報》一九七五年五月二十一日

書街

真的，假如真有一條「書街」多好！

長輩文章裏的北京琉璃廠，彷彿縷縷惹人柳絮，在腦海飄飄蕩蕩，分明在眼前，可是要抓一把在掌中，卻又落空了。一廂情願，把段段文字紀錄，堆疊成一個琉璃廠的形相，是那麼遙遠，又這麼真切！這種近夢醒邊緣的感覺，常常在想到舊書攤的時候，便會出現。

正為了這原因，累得我站在東京神田區神保町街頭，呆了好一陣。在日本，碰上愛書的人，總會叮囑我說：「千萬要到神田區走一趟！」跟着便是熱切細緻描述它是如何如何布滿書的一個地區。於是，我又有着那近夢醒邊緣的感覺，待得自己站在這街的一端時，寬敞馬路上，車輛的繁忙，建築物的現代化，結實地給我「要醒來」的呼喚，呆了好一陣，便完全清醒過來了——那不是琉璃廠！

醒過來也好，我可以用外國遊客的心情，客觀、冷靜地看一條日本書街——有純賣文藝雜誌的，整舖子上下裏外，堆滿幾十年前到最近的某幾種雜誌，除了「壯觀」，沒有別的形容詞。有純賣美術資料的、純賣歷史書的、純賣哲學書的、純賣佛學書的、純賣某種科技書的、當然有許多純賣文學作品的，單是三島由紀夫作品，就獨佔了一間書店。不過，逛這條街，其實也並不能讓我完全用遊客心情，偶然一家古本店裏的一角，會全是中文書，就叫人很觸動。細細翻動撫摸每一本陌生的、熟識的書本，想到每本都可能有段滄桑故事，便不禁動了感情。雖然自己已買到了幾本心愛的書：包括清末木刻浙江民俗畫、民初廣東話小說、蒲風一九三五年在日本出版的詩集《六月流火》，但依舊用近乎貪

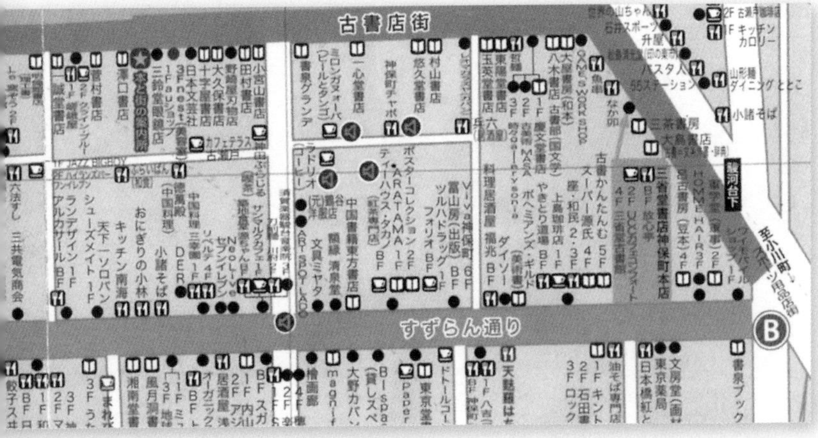

東京神田神保町古書店街地圖

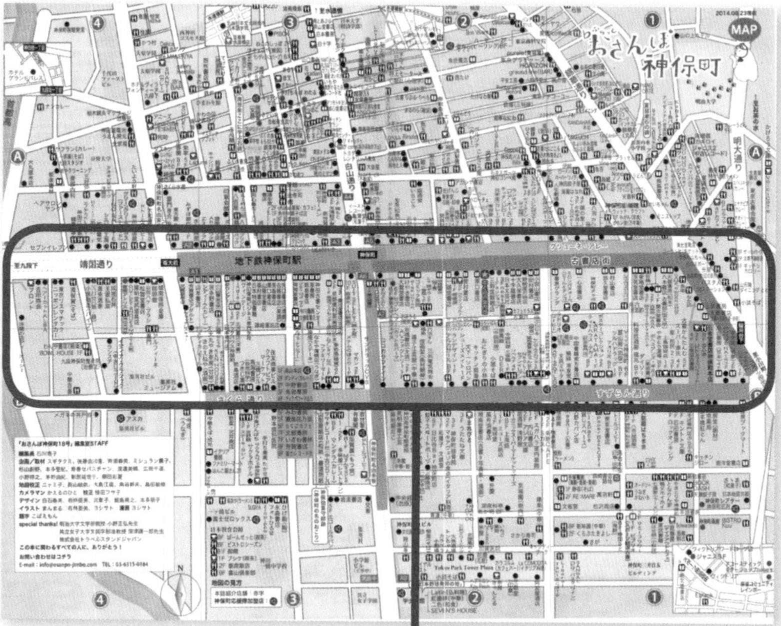

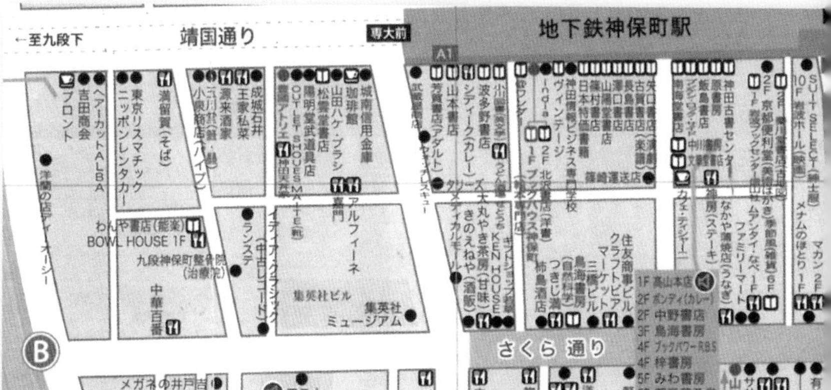

婪的心情去翻去尋檢，盼望在經濟能力容許下，多買一兩本，甚至像一個朋友，買到一本有老舍親自題贈給日本友人的劇本。

那就是一條日本書街。在香港，當我經過招待所、投注站、肉食店的門外，再進入某些書店時，就禁不住想：有條書街多好！

《星島日報》一九七六年十二月十八日

紙的教訓

每次在小食店裏，要扔掉那隻剛用完，還完整美好的紙杯時，總是有點心中不忍。有些餐廳會用上精美紙張做桌上墊，看着侍者把沒絲毫污點的墊紙收去，扭成一團扔掉，再換上一張新的，心中又有點不忍。不知道打從什麼時候開始，認識的朋友都不再用手帕，全改用紙巾了，看人家一包一盒，往往是一用即扔，十分瀟灑。自己嘛，還是用着天天洗換的布手帕！真呆！偶然，要用上紙巾，也會把它一分為二，這個習慣，熟識的朋友都知道的。以上種種，不見得算什麼節儉美德，看起來，倒有一點點小家子氣，但這種「不忍」，是來自那年，一次十分生動的教訓。

那是一九七三年。我到日本去，跟一些日本人生活在一起。使我這土包子驚訝的是他們浪費紙張的程度，在街頭亂派的廣告單張，無論在質和量方面都足叫人大開眼界，這已經不必提了。在許多人家裏，人們通常愛用特備的拭抹紙——在超級市場裏買回來，一大卷，幾天便用完，為的是方便乾淨，可以一用即扔。這跟我們傳統做法有很大分別；我們習慣用布或巾來抹桌子，抹碗抹杯，用完了洗乾淨，下次再用。看在眼裏，只覺有點不習慣，但仍得承認這是最了當的方法。怎料，應該有事——忽然，世界竟在那年鬧起紙荒來，日本一慌，搶購廁紙、拭抹用紙的狂潮出現了。聽説香港也有人囤積廁紙，但緊張程度恐怕絕比不上日本人，看主婦一大清早愁眉苦臉排隊去輪購廁紙，差點以為她們是戰時狀態下輪購食糧的隊伍。上年紀，又吃過戰時物質缺乏苦頭的人們，開始向年青一代説節省的重要性。可是，二十多年來經濟過分繁榮下長成的年輕人，浪費，已經成了一種生活程序，小小紙荒挫折，也很快過去，當然不會構成有力的説服，相信直到今天，大部分人早忘記那狂潮了。

只有我這個旁觀者，深深記住一場「紙的教訓」！

《星島日報》一九七七年一月三十一日

小思說

問 文章提到日本人遇到紙張短缺就很緊張，跟現在我們認為日本人遇到事情會鎮定面對的印象很不同呢！

小思 其實，第二次世界大戰前，日本深受物資短缺之苦，所以統治者才要侵略中國。據說成年人教育孩子，先把好吃的東西給小孩吃，卻不讓他們吃飽，然後說：「你想吃這些好東西？長大後去中國東北吧！那裏有你們需要的好東西。」這樣的教育，讓國民從小就覺得去侵略中國東北是理所當然的事。戰後有一段很安定的日子，日本經濟興盛，所以青年一輩不知道物資短缺危機。一九七三年忽然遇上石油危機，令他們很恐慌，一下子適應不來，才出現搶購行為。一般情況，日本人是很守秩序的，這是國民教育成功的結果。人民都知道自尊自重。

春到古都

毫無原由，我會重讀川端康成的《古都》。那平淡而矇矓的孿生姊妹故事，沒有足夠吸引力，但，整個晚上，我竟沉沉地讀着它。……

女主角約朋友到平安神宮看八瓣櫻花去——

平安神宮未免有點造作，松樹跟櫻在一起，剛柔比對得太強烈了。我寧願在春快盡的時候，繞過那幽暗樹叢小徑，踩過幾乎平貼池塘水面的石塊，看浮在濃翠水上的菖蒲；或者，夏日黃昏，坐在台階上，看神秘、刺激的「薪能」。平安神宮，並不值得那麼叫人想念，只是，消息傳來，一把衝天火，毀了迴廊兩側神殿，又禁不住牽掛起來。

女主角從南禪寺那邊繞遠路，走出知恩院的後面，經過圓山公園裏面，走着舊的小路，來到清水寺面前，正好春天的晚霞籠罩着那一帶。——

是的，這條舊小路，最好走，如果不怕遠，還可再經那段「哲學之道」。路而稱「哲學」，不必再詳細描述，也可想像了。當然，趁住櫻還未落，柳最嬌柔的日子，最好走。清水寺，築在懸崖上，沒一根釘子的巨大舞台，在櫻放時候，便像蒙了一層粉紅櫻霧。朋友匆匆往京都走一遭回來，什麼寺什麼院，把他弄糊塗了，就單單只記得櫻放中的清水寺，這倒合理。圓山公園的夜賞櫻花，是最瘋狂的，我如此寫過：

哲學之道石碑

「酒氣、歌聲自紅毯上升起，大和魂！大和魂！悲劇在醉漢夢中縈迴，那櫻下，還有一個老婦，沉默咀嚼已逝的哀傷。」……

毫無緣由，今春，我會這樣想起京都，朋友為我找尋病因，說：「失梅用桃代」。如果，真是如斯病況，那未免為自己慚愧。梅自有特質，桃代不了。失卻梅，苦苦以桃代替，已是一股無奈，又欠公允的感情。更何況，梅、桃絕無取代之理，事實啊，一面想起京都，而心卻繫在另一個親切而遙遠的地方，真不知道這該是哪一種的悲哀！

《星島日報》一九七七年四月二十三日

竹談

「小齋灑灑頗宜貧，清有竹，靜無塵。」

悶熱的夜裏，讀着竹的詩詞，不禁又想起了京都嵯峨野。看竹，自然想起嵯峨野。

那邊的竹林，有一個叫篩月林，全是纖弱修篁，沒試過夜訪看它如何篩月，只覺植在寺院裏，還嫌可惜，瀟湘館伴着冷雨敲窗，倒十分配襯。

天龍寺再過去一點，那參天的竹藪，是常去的地方。裏面總有煙霧如蘿帶，清澈空氣透着陣陣竹香，彷彿跟外邊世界毫不相干地存在；幾聲鳥鳴響得就似發自耳畔。偶爾抬頭，有一絲一絲陽光，經竹葉篩過才下來，閃亮着神秘如月的光芒，我常瞇着眼，看這像夜空的奇象。有時，來一陣好風，蕭蕭索索，使人步步想到：衣袂飄然，持酒狂歌的七賢。

當然，我一定説到直指庵。

那藏在竹林中，灑灑小齋，有如隱者。小小木庵裏，住了一個老尼姑和兩隻貓。向庭院一邊的台階上，鋪着紅毯。客來，可盤腿靜坐，看雨後初晴下的苔痕白沙。

竹徑通幽處

幾塊錢，要來一盞茶，有人浸入禪思冥想裏。我總愛傾聽完全寂靜時，耳朵裏響着的無聲之聲；也看老尼姑低頭兀自拿着毛筆和了墨，在卷軸上正寫些什麼。更多時候，會全心看住那隻純白的貓，低眉閉目，似佛，在紅毯上睡去。牠真像佛，或該説似馬致遠。當牠醒時，我看過牠的眼——了解貓，該看眼，完全一派「物來不亂」的神態。對於這隻貓，簡直不敢動念去摸一摸牠，甚至不敢當牠是貓。想想：綠竹叢中，紅毯之上，牠不吃人間煙火。

愛竹，絕不是為了什麼清俗——反正，我同時也愛分花拂柳的豔媚。而是，竹藪裏真有一股幽深，叫人從淡中，洗滌了許多雜念。

六月天，能到竹林裏，然後，清涼得一心如洗回來，是此刻想做的事。

《星島日報》一九七七年六月十四日

中秋夜

在香港，對中國傳統節日的熱鬧，我倒有點生疏。也忘了有多少個中秋晚上，當窗外山路滿是鬧盈盈賞月人羣的時候，我已躲到牀上去了。

但，就在那一年，在京都那年的中秋夜，遊在大覺寺的那一中秋夜，才忽然悟到，忽略這個充滿詩意節日是罪過。大覺寺旁有個大澤池，繞着池畔是條植了樹木的小徑。日本人也學着我們過中秋節，夜裏，就到大澤池去，乘鳳首艇，泛舟池中。怕熱鬧的戀人，雙雙提了燈籠，沿小徑遠遠躲到林裏，從寺院長廊遠望，就只見點點燈火，遊移在疏落林影之間。那夜，我獨在木長廊的盡頭，避過正殿通明的燈光，但隱隱仍聽見隨風吹來的琴瑟音調，和着竹林的蕭索。有兩個晚課剛完的和尚，拖着木屐敲響了木廊，經過我身旁，然後沒於廊的盡處。那時，月還未升，只有竹林內一窗淡黃燈火，衝破夜色而來。月出，有雲，靜靜的。抬頭看，才訝然：中秋夜，理該如此。

回到香港，決心不錯過每度中秋。聽人説沙灘上有節日氣氛，也就去看看。第一次在深水灣，很晚，人們在沙上點燃着洋燭，圍成閃爍圖案，大孩子小孩子低了頭使勁造沙堡壘，沙隧道；大人有的靜坐着，或者正吃着東西。大概首次看到閃亮的海灘，沿住海邊走，我的確顯得有點興奮，也忘記有沒有看過月亮，回來就對朋友描述了一個美麗的中秋夜。

今年，邀了朋友同去，是淺水灣。踏進沙灘，就有異樣感覺，是去得早了些，人們精力還旺盛吧？整個場面動着吵着。燭光依舊的多，還有收音機、錄音機，天！竟然有手提電視機。我們在堆堆光圈外走過，幾乎懷疑自己正參加外國的嘉年華會。在沙灘後面，中國人較多了，他們正熱鬧地燒烤豐富的食物。月亮呢？朋友冷然地問。大概在山上大廈的背後吧！我們抬起頭來，看看天空，然後，回家去了。執着地要一個古老中秋夜，是痛苦的。

《星島日報》一九七七年十月四日

內山完造

最近看了范泉譯日本人小田嶽夫寫的《魯迅傳》，在序文裏譯者引述一九四三年許廣平的一段話，說日本人不能理解魯迅的全部思想。其中提及內山完造：「又有人以為內山完造氏是魯迅先生的活字典，其實，在許多地方，他也是不能夠理解魯迅先生的思想的。」我不禁想起內山完造這個「特別」日本人來。

稍稍涉及魯迅生平事跡的資料，都會發現內山完造跟魯迅的深厚友誼，佔了很重要篇幅，而他留在中國的日子，也相當長。據他說自己曾親見民國四年，因二十一條約簽訂而引起的抵制日貨運動，那就表示一九一五年，他已經到過中國；而在民國三十一年汪政權時代，南京的《中日文化協會上海分會會員名冊》裏，日本之部內也有他的名字。這個最低限度和中國交往了二十七年的日本人，除了來推銷日本眼藥水，設立內山書店，愛護魯迅之外，他還幹過些什麼事情，實在很有研

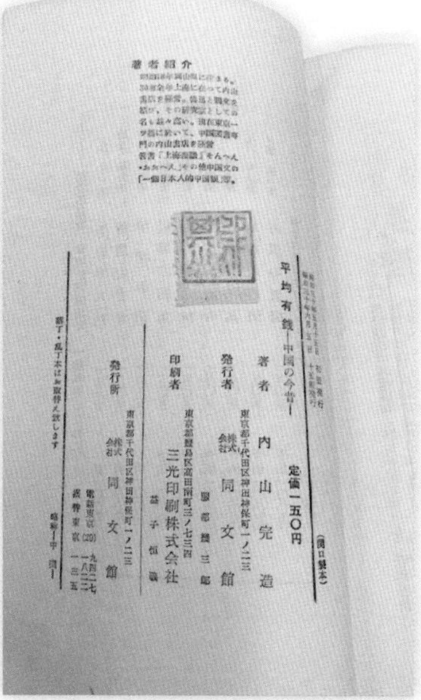

版權頁有編者鄔其山版權印。

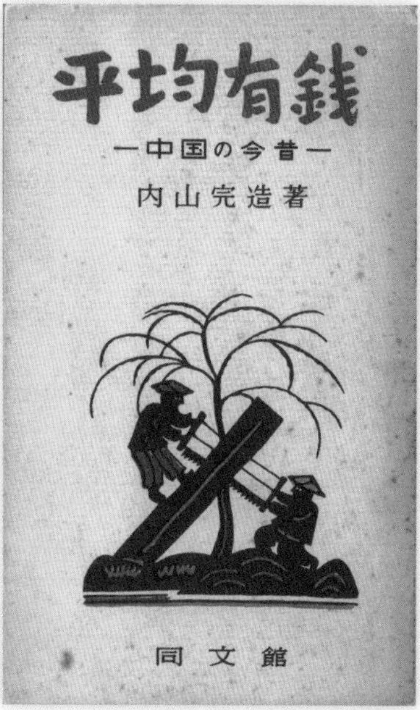

內山完造《平均有錢——中國之今昔》，同文館，昭和三十年（一九五五年）。

究價值。

他寫過許多書，其中以中國生活及回憶的也不少，但我只看過一本中譯，名叫《一個日本人的中國觀》，是尤炳圻譯，一九三六年上海開明書店發行的。魯迅為他寫的序說：「……著者是二十年以上生活于中國，到各處去旅行，接觸了各階級的人們的，所以來寫這樣的散文，我以為實在是適當的人物。……」這本書包括了三十三篇短文，許多內容都給我們提供了：「一個日本人眼中支那人是怎樣的」的資料。魯迅認為他有「多說中國優點的傾向」，但我認為那些「好話」說得很特別，因為他在書中拚命為中國人某些怪異行動解釋，就更透露了些「支那人」的愚昧、可憐！

此外，他和主持「中日經濟提攜」政策的橫竹商務專員的交往，也該值得中日關係研究者的留意。

不知道有沒有人專門研究內山完造，相信這會是十分有趣的一個中國通，也是個值得了解的「友人」！

《星島日報》一九七八年六月二十七日

筑摩倒閉

憑「良心」辦出版事業的日本筑摩書房倒閉了！

看到這則通訊，不禁惋惜和慨歎。

據通訊說引起倒閉的導火線是：出版多達三十八卷的《世界文學全集》賣不出，把資金積壓了，書房開支大，實在沒法子周轉，只好忍痛關店。

日本書店愛出版冊數很多的全集，美術、歷史、文學……各類資料，都十冊或以上地成一大套總集，裝幀豪華，擺在書櫃裏，真是氣勢十足。先不說他們日本作家或學者的作品全集，就看美術和歷史部分：小學館出版全十六冊成一套的《原色世界之美術》，世界文化社出版全二十三冊成一套的《世界歷史叢刊》、講談社出版全十二冊成一套的《圖說中國之歷史》，已經叫人愛不釋手。幾年前，看見人家這模樣的出版事業，真有點驚歎。

對筑摩書房第一個印象，不是它的《世界文學全集》，而是它出版的全十五冊《現代漫畫》、全十二冊的《現代漫畫》第二輯。這二十七冊裝幀得像世界名著的漫畫，放在書架上真是堂堂威勢。其中除了有漫畫大師如橫山隆一、荻原賢次、小島功、清水崑等專集外，令我最感興趣的該是《漫畫戰後史》一、二集、《兒童漫畫傑作集》、《戰記漫畫傑作集》、《前衛漫畫傑作集》，對日本的戰前戰後社會、風俗、人民心態，都有一定反映。算我少見多怪，怎麼連漫畫也那麼隆重出版？於是就記住了「筑摩」這名字。後來，更知道它專出版嚴肅正統書籍，日本少數實施男女同工同酬的機構之一，印象便加深了。想不到，在素以人民愛看書見稱的

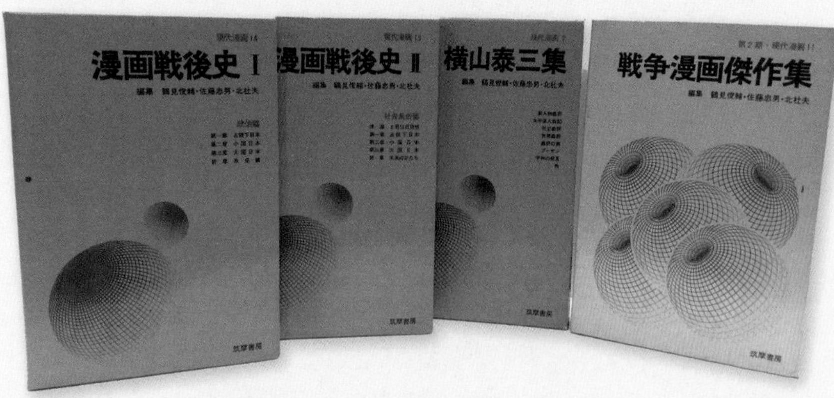

筑摩書房出版的《現代漫畫》部分冊次

日本，經營了三十多年的筑摩書房，竟然因「今天日本青年沾染上不良閱讀風氣，和出版界競出低質量廉價文庫」，而無法支持下去。

在電視的威力下，新一代不再要在文字上傷腦筋，只要「即開即食」的「電視糧食」，或者「一眼睇晒」不必思考的圖片雜誌，這恐怕已是世界性的疫病。難道，杜魯福的《烈火》，真是不幸言中？

《星島日報》一九七八年七月三十一日

前谷惟光「機械人的誕生」，選自《戰記漫畫傑作集》（筑摩書房，一九七〇年）。

橫山泰三「京都府」，昭和四十二年（一九六七年），選自《橫山泰三集》（筑摩書房，一九七〇年）。

小思說

問　現在筑摩書房好像還有出版書刊，是嗎？

小思　一九七三年筑摩書房受到世界石油危機影響，經營狀況惡化，資金周轉不靈，一九七八年七月宣告破產倒閉。消息傳到香港，令我十分難過，寫了此文。幸好很快通過高層努力經濟重組，在重組第一年，就盈利五億日元，復活過來。一九八八年推出《筑摩文學森林》十六卷。後來更改變一貫出版大部頭全集習慣，出版文庫版《筑摩日本文學全集》五十卷，再吸引大量讀者。二〇〇三年筑摩書房更重新擁有自家辦公大廈。這一次新生，除了管理層努力改革營運手法外，日本人愛讀書，也是重要支持因素。

大松式師傅

「鬼大松」死了！只有五十七歲，死於心臟病，大概為訓練學生，心血都用盡了。

提起大松博文，在日本，恐怕沒有人不知道，因為他親手練成一支「東洋魔女」女子排球隊，奪得奧運女排金牌，從此，使日本在世界排球界出盡風頭。「鬼大松」，是隊員給他的綽號，只因他訓練方法的苛嚴，手段近於毒辣，簡直像魔鬼一般。

在香港，如果不留心世界排球消息的人，也許不注意什麼「東洋魔女」、「大松博文」，可是，只要在幾年前，稍看電視的，都該看過他們的影子——《青春火花》片集。其實片集裏，女隊員受的苦，遠遠及不上「東洋魔女」；教練的不近人情，也追不過「鬼大松」，但當年觀眾，已不少一邊看一邊說：「太過分了罷？沒有這樣恐怖的訓練方法罷？」

大松為了必須奪取全勝紀錄，為了成功，要求隊員不怕苦不怕死地天天苦練。多少人血淚和流，傷了又傷，屢傷屢練，才練就超人的好身手。儘管這樣苦，大松如此兇，但隊員卻從沒埋怨，因為她們的目標跟大松一樣，而也深信：只有苦練才可成功。何況，大松雖然表面既冷又兇，內心卻處處為她們着想，在彼此同苦共甘的日子裏，感情也建立起來了。

「冷面熱腸」、「為求成功不擇手段」是大松式師傅的特點。這些特點，香港人大可從日本電視片集裏看到，幾乎所有教練、師傅、領隊、幹探首領，都同一個模子，而奇怪的卻是隊員、徒弟、手下，都死心塌地順從指導，正因如此，最後總能成功事業。

在我們眼中，這類人物不該真實存在，但大松和「東洋魔女」卻是個活生生例子。再看戰後三十多年來，日本在各方面的「成功」，倒不能不相信大松式師傅發揮的效力。

至於大松式師傅好不好？該不該拚命苦練？那就得看所定的目標正不正確，師傅是不是真心真意，徒弟認為值得不值得了。

《星島日報》一九七八年十二月十九日

小思說

問　這位大松師傅以嚴格見稱，用現在的講法可以說是「魔鬼教練」。

小思　沒錯，魔鬼教練，他真的是叫「魔鬼」的。

問　這種嚴格要求的做法是否會影響到老師呢？因為見老師在其他作品提過，您在教學上會嚴格一些。

小思　我對學生嚴格，不是受日本影響的，是小學時候老師的嚴格教育了我。學習過程中，開始時就要有嚴格鍛煉，打好基礎，根據不同個性，再去發展。我教學嚴格，是要求學生先打好基礎，讓他們穩步前進。

問　現在的教育常常都說，要尊重學生，讓他們自由發展。

小思　自由發展是要的，但問題是該什麼時候自由發展呢？他連站也站不穩，你就叫他自由發展，結果就跌倒啦，對不對？不過，我認為家教是「人之初」的基訓所在。小學、中學要循序漸進的嚴，但在嚴之中，要順從人性啟發才會見效。

從算盤想起

最近，看到一則日本舊聞，雖然內容是一九七二年的事，但相信到今天，情況沒多大改變，不禁掀起些聯想。

那段資料刊在一九七八年十月份出版的《新日本月刊》，題目是：《日本的算盤熱》，文中介紹了日本人對算盤的「熱愛」。據說他們教育部規定的初等教育課程，小學三年級學生已開始學習使用算盤，四年級已該完成三或四位數的加減法。私立的珠算學校，單是東京就有一千二百多間，而在一九七二年內參加日本珠算連盟、全國各地工商業會所、全國商業高等校長協會舉辦的珠算等級證書考試總人數，達到二百三十萬。這種最簡單，古老的計算工具，竟在出產電子計算機的王國裏，有如許重要地位，不是有點奇怪嗎？

在香港，只要花幾十塊錢，便可買到一具電子計算機。有些人不一定要用，也買來玩玩；聽說有些學校已准學生把計算機帶進試場了。看來，這又「大眾化」又「現代化」的電子工具，也成了一種「熱」。

日本人竟愛用價錢更廉的算盤，我想，絕不是要求更「大眾化」，或拒絕「現代化」。當然，在複雜運算時，他們會利用電子計算機，但對普通多位加減計算，卻寧用算盤，這除了算盤會比電子計算機快兩倍外，總還有別的原因吧？

日本的現代化，已經毫無疑問。但這民族，對某些看似落後的「傳統」，卻相當堅持，例如慢吞吞的茶道、花道；強而急的劍道、柔道。他們認為這些都是「以人為本」的學問，直指身心修養，又富民族精神，沒有了就等於喪失大和精粹。看見日本人氣急敗壞趕快車，去參加費時個多鐘頭、動作有如電影慢鏡頭的茶道會，我曾嘲笑他們「矛盾」、「無聊」。可是，深思一下，缺了這民族精神，恐怕日本也難有今天的現代化和富庶。大概，在我們「電子計算機熱」的當兒，人家卻鬧「算盤熱」，跟這個道理總有點關係吧！

《星島日報》一九七九年一月十五日

最近，讀到日本漢學家實藤惠秀一篇文章：《對中國的稱謂——中日關係史中的微妙問題》。文中詳細敍述了歷史中，日本對中國的稱謂，又仔細分析了當時日本人對中國如此稱謂的心理狀態。其中最重要的部分，恐怕就是分析自大正時代以後，日本人心中口中「支那」這稱謂的含意變化。他引了郁達夫、郭沫若、夏衍的作品，證明了當時中國人對日人稱中國為「支那」的反感；也分析了日人反對不用「支那」，而改稱「中國」的原因。

據說當時日本人反對採用「中國」一詞的第一個原因：「中國」這詞是對夷戎蠻狄而言，是自大傲慢的表現。實藤先生沒有舉出例子，我手邊剛有一則當年的日本電訊，抄錄下來，大概也可以作個具體的説明。據民國二十五年五月十四日華聯社東京電：「日本上議院無所屬議員三上參次於本月七日之貴族院本會議席上，發

表一演說，謂中國妄自尊大，僭稱中華民國，而我方竟以中華呼之，冒瀆我國之尊嚴，莫此為甚，此後應改稱支那，以正其名。」三上參次任教大學二十八年，跟高津鍬三郎合著《日本文學史》，得過日本勳位，相信準可代表了當時大部分高層日人的心態了。

在該文的「餘談」部分，我們知道實藤先生自二十世紀二十年代開始，就堅持採用「中國」這一稱謂；也為「反對帶輕蔑中國人的情緒和態度來叫支那」作過不少努力。對於他老先生和曾為此努力過的日本人，我們實在十分感謝。但自一九一五年日本對我國提出「二十一條」後，直到今天，由歷史事實烙刻在大部分日本人心中的「支那」一詞——尤其這詞背後包涵的輕蔑，這小輩日本學者究竟能產生多少更正作用呢？這委實叫人牽掛。

由歷史事實做成的錯誤，只有用現在和未來的事實去更正，由我們祖先不爭氣惹來的別人輕蔑，也只有靠當子孫的我們，用有效的行動去湔雪。我不理會侵華甲級戰犯東條英機為什麼能位列「英靈」，卻萬分牽掛我們自己爭不爭氣！

《星島日報》一九七九年四月二十六日

我們不懂日本

儘管自清以來，我國已有學者對鄰近可畏小國日本十分注意，寫成專論的也不少，而現代又有所謂哈日青年一族，不問情由地迷醉日本俗文化，但其實都在邊緣游走，不能算真的懂得日本。

二次世界大戰結束，美國以君臨姿態進駐日本，對這東方小國幾乎要從頭深入了解，趕緊請人類學家露絲．本尼迪克特（Ruth Benedict）一九四六年寫成《菊與刀》，這本書時至今天，事隔六十多年，仍被視為剖析大和民族最佳教科書。

六十年世界變化甚大，人的性情也因科技進展，無形中給調校得與過往不同。可是，民族性卻大致不變，說水土風俗也好，基因遺傳也好，骨子裏總帶着永存的組成因子，變不了。佩服作者當年已用最概括握要文字，描繪了日本人：

「日本人生性極其好鬥而又非常溫和，黷武而又愛美，倨傲自尊而又彬彬有禮，頑梗不化而又柔弱善變，馴服而又不願受人擺布，忠貞而又易於叛變，勇敢而又怯懦，保守而又十分歡迎新的生活方式。」那種矛盾、兩極並存的民族風格，外國人如何用心，也難琢磨得透。

經過「三一一」自然及人為大災難後，許多人對日本處理災情手法及對外援態度，總感奇怪，摸不着頭腦。救災安置怎麼會如此緩慢？對外國援助怎可似迎還拒？災民態度究竟無奈還是反抗？東京電力公司社長清水正孝怎那麼遲才露面？（在以往如他地位的主事人早已剖腹謝罪了）把以上種種疑問，套入本尼迪克特的分析，自可明瞭一二。

有學者認為《菊與刀》過時，但大和民族性卻改變不了多少。正因這樣，我們離天隔海，資訊不足，怎能真正懂得日本？

《明報》二〇一一年五月一日

新聞記者的抉擇

日本「三一一」周年了，一年間在傳媒中能看到的災後情況並不多，直到最近，才見不同角度的追蹤資料。

電視中有《透視：傳媒直擊》，內容敘述不同的日本攝影記者回憶、反省災中採訪的心情。首先，他們都面對相同問題：在災難之際，應繼續執行任務，還是盡力救人？這是記者歷來要考慮的老問題，平日好像沒有太多機會需要真正這樣抉擇。「三一一」則不同，在瞬間就出現繼續拍攝還是拯救人的問題。有記者要救人，但最終無能為力，無奈只好繼續拍攝。另也有該如實報道還是取樣反映的抉擇？有記者報道了某地區缺糧缺水，救濟品就立刻蜂擁而至，但另些地區因交通斷絕，無法到達而無人報道，便被遺忘，形成記者「不公」的「失職」。最痛苦的是知道災情真相了，特別福島核輻射擴散嚴重，為了免引起羣眾巨大恐慌，造成混亂，該如實報道還是「虛報」以安民心？加上一九九六年日政府制定的《放送倫理基本綱領》，令日本媒體習慣採用了「客觀冷靜，哀而不傷的報道方式……在報道遇難者時，對遇難時的慘狀絕不出現，採用的照片總是微笑着的」。記者面臨瞬間海嘯席捲人間大地的當下，如何冷靜、如何不傷地繼續工作？電視台編輯又該怎樣平衡於政府需要與忠於報道之間？這都非從業者以外的人所能理解的。

記者一年後回憶時的表情，我們可以看見他們心情仍然沉重，對當時的抉擇並未完全釋懷。這日本史上最強的地震兼人禍，恐怕帶更多徬徨與抉擇。

《明報》二〇一二年三月十七日

還是說記者的抉擇

最近讀了日本評論家川本三郎的《マイバックペーツ——ある60年代の物語》，（英文書名 *My Back Pages*；中文書名《我愛過的那個時代——當時，我們以為可以改變世界》）深深感到記者的抉擇艱難。

川本三郎，一九六八年大學畢業，當時反越戰、日本學界全共鬥等青年運動正興起，他懷着雄心壯志要作記者，走在示威遊行事件中，盡責報道。故他不惜一考再考，終於在一九六九年以工讀形式進了《朝日新聞》當雜誌校對工作。就在此時，大學的全共鬥運動熱烈起來。岔開一筆說說，一九七三年熱潮已稍降溫，我在京都大學校園仍給那些全共鬥的隊伍嚇得東躲西避。川本正在全共鬥的核心地帶：東京。一天，前輩記者把他帶到東京大學去採訪，那正是著名的東大安田講堂事件。這個滿腔熱血的青年記者，「迫不及待地想早一刻到安田講堂去和全共鬥的學生們共有同一個時空，想共同分擔他們的痛」。誰料佩了記者臂章的他，卻與「將被逮捕而固守講堂的他們之間存在很大的距離」。在外邊觀看機動隊向學生發射催淚彈、直升機向講堂丟石頭，他卻安全地作了旁觀者，使他十分痛苦。他說：「我對於佩戴報道臂章走過機動隊前安全的自己也感覺很厭惡」。

他在旁觀與投入之間，抉擇了傳媒不宜的方向，很快就給朝日新聞社開除了，往後他成為一個自由寫作人。這本書，他為那個青春時代而寫，也為作為記者的那些日子而寫。

我認為他是個詩人，不宜當記者。

《明報》二〇一二年三月十八日

經典書房

日影行（修訂版）

作　　者：小思
責任編輯：陳友娣
美術設計：何宙樺
出　　版：山邊出版社有限公司
香港英皇道499號北角工業大廈18樓
電話：（852）2138 7998
傳真：（852）2597 4003
網址：http://www.sunya.com.hk
電郵：marketing@sunya.com.hk
發　　行：香港聯合書刊物流有限公司
香港新界大埔汀麗路36號中華商務印刷大廈3字樓
電話：（852）2150 2100　傳真：（852）2407 3062
電郵：info@suplogistics.com.hk
印　　刷：中華商務彩色印刷有限公司
香港新界大埔汀麗路36號

二〇一八年一月初版

ISBN: 978-962-923-454-6

18/F, North Point Industrial Building, 499 King's Road, Hong Kong
Published and printed in Hong Kong

本書部分照片由小思提供。
第104頁《不可不知的日本動畫史 —— 黎明前的關西圈電視動畫》（津堅信之，2017年）封面書影由化學工業出版社授權轉載。